독일이
기가 차다

독일이 기가 차다

초판 인쇄 2025년 2월 12일
초판 발행 2025년 2월 20일

지은이 김영우
발행인 조현수
펴낸곳 도서출판 더로드
기획 조영재
디자인 정의도
주소 경기도 파주시 광인사길 68. 201-4호
전화 031) 942-5364, 5366
팩스 031-942-5368
이메일 provence70@naver.com
등록번호 제2015-000135호
등록 2015년 6월 18일
ISBN 979-11-6338-476-2 (03800)

정가 18,000원

독일에 살면서 발견한 유쾌하고 충격적인
독일의 진실 31가지 이야기

독일이
기가
차다

김영우 지음

Überraschung!
Deutschland!

도서
출판 더로드
The Road Books

제3장 · 식당에서

부록 · 독일 관련 팁

작가 약력

- 서울출생
- 양정고등학교 졸업
- 경희대학교 토목공학과 졸업
- 경희대학교 경영대학원 중국경영학과 졸업
- 중국사회과학원 박사과정 수료
- 한국지역난방공사 근무(1994~2021)
  - 해외사업부 근무
  - 중국 합작회사 파견근무
  - 경영관리부 근무
  - 중국 합작회사 파견 (법인장) 근무
  - 청주지사, 세종지사 근무
  - 해외사업부장 근무
  - 양산지사 근무
  - 화성지사 근무
- 한국지역난방공사 정년퇴직 (2021. 10.)
- 현재 독일 할레시 한국식당 근무 (2021~현재)
  - Seoul Kulinarisch Restaurant

• 저서

① 돈 캐러 중국으로 가자 (2001. 문화마당)

② 손에 잡히는 중국 읽기 (2002. 연우출판사)

③ 이웃 나라 튀는 나라 (2008. FKI미디어)

④ 중국사업, 진출에서 성공까지 (2008. 세창출판사)

⑤ 중화만리(소설) (2014. 휴먼앤북스)

⑥ 마녀가 된 우리 엄마(소설) (2016. 북랩출판사)

• 강의 및 기업 자문

− 대학교 : 경희대학교 경영대학원, 경희대학교 호텔관광대학, 숙명여자대
학교 등

− 기　관 : 에너지관리공단, 신세계백화점 문화센터 등

− 기　업 : SK E&S, GS 에너지, GS EPS, CJ제일제당

• Instagram 주소 : youngwoo2018

작가의 말

유럽의 중심 국가인 독일을 찾는 한국인 관광객 수는 매년 증가하고 있고, 코로나가 끝난 뒤 다시 독일을 찾는 한국인은 약 30만 명에 이른다. 이것은 독일이 먼 유럽에 있다는 점을 고려했을 때, 적은 숫자가 아니다. 독일은 한국인이 유럽에서 스페인 다음으로 많이 방문하는 국가이다. 그만큼 한국인은 독일에 대한 호감도가 높고 호기심도 많다. 그래서 독일을 여행하고, 독일에 관한 지식을 얻고자 한다. 독일을 거쳐 가거나 현재 활동 중인 우리나라 축구선수도 많고, 독일과 연관된 한국 음악가, 미술가는 셀 수 없을 정도로 많다.

그런데도 시중에 독일에 관한 책은 별로 없다. 독일의 역사, 독일여행 가이드 책은 많이 보이나, 독일 생활 체험을 바탕으로 쓴 '독일인은 누구인가?'라는 궁금증을 해소해 줄 만한 서적은 찾아보기 힘들다. 그래서 나는 독자들에게 독일과 독일인에 대한 소소한 통찰력을 선사해 주기 위하여 이 책을 쓰게 되었다.

나는 3년 전 한국에서 30년간의 회사생활을 마치고 정년퇴직하였다. 그리고 좀 특이하게 퇴직 후 아내와 같이 독일로 왔다. 독일에는 연고가 있다. 처제의 가족이 독일에 산 지 벌써 20년이 되었고, 독일 할레라는 도시에서 한국식당을 운영한 지 10년이 되었다. 나는 아내와 함께 처제의 식당에서 한국식당 운영을 배워 독일에서 K푸드에 도전하려고 이곳에 왔다.

　내가 독일에 온 지도 벌써 3년이 되었고, 그동안 독일에서 많은 것을 보고 느꼈다. 나는 이 책에서 내가 경험한 독일 생활을 통하여 관찰하고 느꼈던 독일인에 관한 작고 세밀한 이야기를 들려주려고 한다. 독자들이 이 책을 읽고 나면 아마도 독일인은 어떤 사람인가에 대하여 쉽게 손에 잡힐 것이다. 나는 독일 K푸드 진출을 준비하면서 오늘도 독일인의 새로운 면모를 찾으려고 계속 노력 중이다.

- 독일 할레에서 김영우

날씨와 사회주의

남녀 공용 사우나,
그 놀라운 경험

나는 독일에서 매일 아침 헬스센터를 다닌다. 그런데 그 헬스센터에는 한국에 없는 시설이 하나 있다. 그것은 사우나이다. 그냥 사우나라면 한국 헬스센터에도 많이 있겠지만, 독일 헬스센터 사우나는 조금 다르다. 독일 사우나는 남녀공용 사우나다. 이것은 확실히 한국에 없다. 예로부터 남녀칠세부동석이라는 풍습 아래 자란 한국인인 나로서는 참 낯선 시설이다.

처음에 나는 너무 창피하여 차마 사우나에 들어가질 못했었는데, 어느 날 용기를 내어 쑥 들어간 이후 지금은 매우 익숙하게 이용하고 있다. 사우나실에 들어갈 때는 반드시 큰 수건을 하나 가지고 들어가야 한다. 그것을 깔고 앉아 몸에서 나오는 땀이 나무 바닥에 떨어지지 않게 하여야 하기 때문이다. 나는 수건을 하나 더 들고 들어가 중요 부위를 가리고 앉는데, 독일인들은 아무도 그렇게 하지 않는다. 독일인들은 어려서부터 습관이 돼서 그런지 중요 부위를 가리지 않아도 전혀 창피하게 생각하지 않는다.

나는 아침 일찍 헬스센터를 찾아 운동을 끝내고 가끔 사우나를 하는데, 그때는 사람이 거의 없어 여자가 갑자기 들어오는 것을 겁내지 않아도 된다. 그러던 어느 날, 운동을 마치고 혼자서 사우나를 하고 있는데 한 사람이 문을 열고 들어왔다.

"할로."

여느 때처럼 나는 눈을 감은 채 의례적으로 인사를 하였다. 독일인들은 사우나실에 누군가 들어오면 그렇게 인사한다. 그런데 상대방에게서는 아무런 대답이 없었다. 나는 반사적으로 살짝 실눈을 뜨고 사우나실에 들어온 사람을 쳐다보았다. 여자분이었다. 그런데 가만히 보니 한국 아주머니였다. 나는 눈을 번쩍 뜨고 다시 한번 쳐다봤다. 그 여자분은 잘 아는 사람은 아니었지만, 그분이 무슨 일을 하고 있는지는 들어서 알고 있었고, 길에서 자주 마주친 여자분이었다. 아무도 없는 사우나실에 딱 둘뿐이어서 서로가 잠시 난감해했다. 그 여자분은 머뭇거리다 다시 밖으로 나갔다. 나도 어떻게 하나 망설이다가 그 여자분이 황급히 나가는 바람에 그냥 자리에 앉아 있었다. 그런데 그 여자분은 다시 사우나실로 들어오더니, 나와 좀 떨어진 곳에 큰 수건을 깔고는 얼굴을 파묻고 누워버렸다. 기왕 돈 내고 들어온 사우나실이고, 나하고는 아는 사이도 아니니까, 용기를 내 다시 들어온 것 같았다. 나 역시 독일 여자 같았으면 들어오든 말든 신경도 안 쓰고, 면벽하고 가만히 앉아 있었을 텐데, 한국 여자가 들어오니, 아무리 서로 모르는 사이이더라도 굉장히 신경이 쓰였다. 나는 얼른 일어나 자리를 비켜 주었다. 그리고 나는 그 한국 아주머니가 사우나실에 온 요일을 잘 기억해 두었다가 그다음 주부터는 같은 요일에 가지 않았다.

독일의 모든 사우나는 남녀 공용이다. 바깥의 휴식공간도 남녀 공용인데 한국인으로서 적응하기 만만치 않다. 헬스센터에 있는 사우나 시설

내가 사는 독일 할레시에서 헬스센터 말고 내가 가본 사우나 시설
이 두 군데 더 있는데, 하나는 〈살리네〉라는 수영장이고, 또 하나는 〈
마야마레〉라는 워터파크이다.

〈살리네〉 수영장에는 조그만 사우나실이 하나 있다. 수영과 사우나
를 2시간 즐기는데 12,000원 정도 한다. 이곳 사우나실 역시 남녀 공
용인데, 집사람과 함께 몇 번 간 적이 있다.

한번은 우리 부부가 사우나실에 들어간 순간, 나는 거기에 있는 모
든 사람이 어디서 같이 온 단체 손님인 줄 알았다. 어린이를 포함한
10여 명의 남녀가 함께 박장대소하며 왁자지껄 떠들고 있었기 때문
이다. 나중에 알고 보니 이들은 모두 그 사우나 동호회 회원들이었
다. 참 별난 동호회가 다 있었다.

그들은 당번을 정하여 사우나실을 운영한다. 당번은 작은 페트병
에 레몬 물을 준비해 와서 사우나실의 뜨거운 돌 위에 뿌린다. 그러
면 사우나실이 후끈 달아오르고 레몬 냄새가 진동한다. 그리고 당번
은 자신의 큰 수건을 허공에 빙빙 돌려 공기를 빠르게 순환시킨다.
나는 사우나실에서 그렇게 수건을 헬기 프로펠러처럼 돌리면 실내
온도가 삽시간에 치솟는다는 사실을 그때 처음 알았다.

모두 조용히 얼굴을 감싸고 허리를 굽힐 정도로 온도는 극한으로
치달았다. 수건을 돌리는 당번은 온 힘을 쏟아부어 졸도 직전까지 가
고, 내 몸에서는 땀이 비 오듯 쏟아졌다. 그런 퍼포먼스가 끝나자 모
두 당번에게 열렬한 환호와 우레와 같은 손뼉을 쳐줬다. 그때 사우나

실 문이 열리면서 어떤 동양 여자가 들어왔다. 그런데 갑자기 거기에 있는 모든 사람이 그 여자를 향해 한목소리로 소리쳤다.

"수영복 벗어요!"

그녀는 이런 사우나가 처음인지 수영복을 입은 채 가릴 것 다 가리고 들어왔기 때문이다. 〈살리네〉 사우나는 남녀가 다 벗고 신나게 떠드는 동호회가 아주 인상적인 사우나였다.

또 다른 사우나는 〈마야마레〉 워터파크 사우나다. 이곳은 사우나실이 10개나 되고 입장료가 5만 원이나 하는 비싼 곳인데, 이곳 역시 남녀 공용이다. 사우나실이 10개 정도 되니 적어도 남자 사우나, 여자 사우나를 구분하면 남녀 모두 편하게 사용할 수 있지 않을까, 하는 생각을 해보았는데, 그것은 그저 동양인인 나의 생각일 뿐이다.

이곳 사우나실은 굉장히 밝았다. 조명도 밝고 자연채광도 들어오니 남녀의 몸이 훤히 다 보였다. 그럼에도 불구하고 중요 부분을 가린 사람은 나하고 집사람뿐이었다. 더 놀라운 사실은 사우나실 옆에 실외 수영장이 있는데, 사우나를 막 끝내고 나온 사람들이 모두 알몸으로 이곳에 뛰어든다는 것이다. 수영복이라도 걸치고 들어가고 싶은데, 여기서는 수영복 착용이 절대 금지라, 나와 집사람은 슬그머니 물속에 들어가 벽만 붙잡고 물장구만 쳤다. 뒤에서는 독일인들이 신나게 첨벙거리며 수영장을 유유히 횡단하고 있었다. 남녀 사우나를 구분하지 않는 독일 사우나는 한국인인 나로서는 적응하기 쉽지 않은 독일 문화이다.

독일의 겨울,
코 푸는 소리의 향연

　나는 정년퇴직 후, 독일에 거주하고 있는 처제의 한국식당에 와서 일한 지 3년이 되어 간다. 나는 식당에서 돈 계산, 홀서빙을 맡고 있다. 내가 홀을 보고 있노라면 독일 손님이 나에게 자주 요청하는 것이 있다. 그것은 냅킨이다.

　"저 냅킨 한 장만 주실래요."

　우리 식당은 한국처럼 각 식탁에 냅킨을 비치하지 않고 카운터에 두었다가 손님이 달라고 하면 준다. 냅킨을 건네받은 손님들은 냅킨으로 냅다 코를 푼다. 여름만 빼고 모든 계절에 독일인들은 코를 많이 훌쩍거린다.

　내가 독일로 온 2021년의 다음 해인 2022년 2월 우크라이나·러시아 전쟁이 발발했다. 러시아로부터 많은 천연가스 에너지원을 공급

독일은 겨울에 의외로 눈이 많이 온다. 스노타이어를 장착하고 다니는 자동차들이 많다. 이런 날에도 트램을 타보면 마스크를 하는 사람은 한국인인 나밖에 없다. 그러니 코를 훌쩍일 수밖에 없을 것이다.

받던 독일은 엄청난 타격을 받았다. 난방비가 대폭 인상되었고, 전기료는 무려 6배나 올랐다. 정부에서는 계속 에너지 절약 캠페인을 벌였고, 독일 국민들은 순순히 이에 응해 너도나도 난방을 끄고 살았다.

독일의 겨울도 한국의 겨울 못지않게 추운 계절이라 난방 없이는 견디기 힘들다. 그렇지만 국민들이 정부의 에너지 절약 정책에 적극적으로 동참해서인지 어딜 가도 몹시 추웠다. 추운 게 질색인 나는

독일인들은 겨울에도 난방을 잘 안 틀고, 실내 환기를 위하여 창문을 열고 자는 사람도 많다. 그러다 보니 코감기에 많이 걸린다.

겨울이면 식당 홀에 설치된 라디에이터를 많이 틀었다. 그러면 크지 않은 홀은 금방 훈훈한 온기로 가득 찬다. 그러니 대부분 자전거를 타고 다니는 독일인들이 추운 데 있다가 따뜻한 공기가 감도는 식당에 들어오면 죄다 코를 훌쩍거린다.

독일인들은 콧물을 흘리는 한이 있어도 절대로 난방을 틀지 않고 참을 수 있는 데까지 참아 본다. 독일인들이 난방도 틀지 않고 추위를 참아내는 모습을 보고 있노라면, 독일 영화 〈서부전선 이상 없다〉가 생각난다. 이 영화는 1차대전 당시 프랑스와 독일 간의 치열한 전쟁터였던 서부전선의 열악한 상황을 독일 젊은이들이 얼마나 잘 견뎌냈는가를 보여준 영화인데, 현 상황과 일맥상통한다.

내 처제 부부가 독일에 산 지도 어언 20년이 넘었다. 그러다 보니 처제도 벌써 독일인이 다 되었다. 처제는 독일에 정착해 살면서 독일인처럼 살려고 많은 노력을 기울였다. 그래서 겨울에도 독일인들처럼 집에 난방을 거의 틀지 않고 산다. 오래전 한번은 어린 조카가 고열에 콧물이 줄줄 나고 기침에다 온갖 감기 증상이 다 있어, 밖을 나가지 못해 하는 수 없이 집으로 의사가 왕진을 왔다. 조카를 진찰하던 의사가 갑자기 처제를 째려보더니 물었다.

"이 집 보일러 안 틀어요? 왜 이렇게 추워요?"

"네? 다들 난방 안 틀고 살아서 우리도 안 트는데요."

처제는 주위에 있는 독일인들이 다들 춥게 살아도 건강해서, 자기네도 겨울에 보일러를 안 틀고 산다고 하였다.

"그래도 어느 정도는 틀어줘야죠. 그래서 아이가 감기에 걸린 거예요."

독일 의사는 처제에게 겨울에 아이들 건강을 위해서라도 너무 춥게 살지 말라고 핀잔을 주었다.

한번은 처제가 20년 전 독일에 처음 왔을 때 공부한 학교의 학생처 직원으로 계속 알고 지내던 '요하임'이라는 독일 할아버지가 사시는 아파트에 놀러 간 적이 있었다. 할머니는 몇 년 전에 돌아가셔서 할아버지 혼자 사시는데, 아파트를 아주 깨끗하게 청소하고 사셨다. 겨울이라 그런지 아파트가 약간 썰렁하긴 했어도 한기를 느낄 정도는 아니었다. 그런데 할아버지가 사시는 집을 구경시켜 줄 때, 침실 문을 여는 순간 놀라지 않을 수 없었다. 침실이 너무 추웠기 때문이다. 게다가 창문까지 열려 있었다.

"창문이 열려 있네요? 주무실 때 안 추우세요?"

"독일인들은 신선한 공기순환을 위하여 겨울에도 침실 창문을 열어놓는다네."

할아버지의 대답에 나는 독일인들이 왜 겨울에 코를 그렇게 많이 훌쩍거리는지 알 것 같았다. 한국 같으면 감기에 걸릴세라 창문에서 찬바람이 못 들어오게 문풍지를 붙이거나 뽁뽁이를 붙여 겨우내 걸어 잠가놨을 텐데 말이다.

추운 겨울임에도 침실의 창문을 열어 환기를 시키는 것은 이런 추운 땅에서 겨울을 이겨내려는 독일인의 지혜인지 모른다. 나는 거리에서 독일 여자들이 한겨울에도 갓난아이를 유모차에 태우고 나와 아이들에게 빵을 먹이는 장면을 많이 보았다.

'어릴 때부터 저런 식으로 추위에 익숙해지도록 하는구나!'

눈이 오는 추운 날인데도 많은 사람이 자전거를 타고 시내로 나온다. 콧물은 흘리지만, 추위를 이기려는 독일인의 강인한 면을 볼 수 있다.

나는 그것을 볼 때마다 그런 생각이 들었다.

내 독일 친구 중에 '핸드릭'이라는 친구가 있는데, 이 친구는 늘 '나는 핸드릭입니다.'라는 한글 문구가 새겨진 반 팔 티셔츠를 입고 다녔다. 한겨울에도 그 티셔츠를 입고 다녔는데, 핸드릭이 춥다고 말하는 것을 단 한 번도 들어본 적이 없다. 핸드릭을 보면, 이 친구도 어렸을 때부터 유모차 동계 극기훈련을 받은 사람이라, 이렇게 추위에 잘 견디는 게 아닌가 하는 생각이 든다.

그래도 전 세계 어디나 사람 사는 동네에 감기 바이러스는 있기 마련이고, 춥게 지내면 감기 걸리기에 십상이다. 그러니 가을, 겨울에 독일에 오면 이쪽저쪽에서 코 훌쩍거리는 소리를 많이 듣게 될 것이다.

날씨부터 수상한
독일

나는 '독일인들은 왜 그렇게 짠 음식과 단 음식을 좋아할까?'에 대해 곰곰이 생각해 봤는데, 그것은 아무래도 날씨 때문이라는 결론을 내렸다. 독일은 겨울이 정말 길다. 한마디로 겨울 왕국이다. 11월부터 다음 해 4월까지는 겨울이다. 장장 일 년의 딱 절반이 겨울인 셈이다. 내가 봤을 때, 이때의 날씨는 딱 4개로 구분된다.

첫 번째 날씨: 쌀쌀한데!

두 번째 날씨: 춥다.

세 번째 날씨: 왜 이렇게 추워!

네 번째 날씨: 또 비 와!

독일의 겨울은 완전한 우기이다. 한국처럼 여름 우기이면 슬리퍼와 반바지 차림으로 비를 맞고 신발이 물에 젖어도 '이까짓 것!' 하

며 우산을 쓰고 콧노래 흥얼거리며 견디겠지만, 독일의 겨울 우기에
비를 맞으면 쇄빙선을 탄 선원이 북극의 거친 파도를 만나 홀딱 젖는
꼴이 된다. 두툼하게 껴입은 겨울옷에 잔뜩 비를 맞아 보면 그 느낌
을 알 것이다. 이럴 때 콧노래가 나올 리가 만무하다.

그런데 언젠가 한국에서 독일인들은 비가 와도 우산을 잘 안 쓴다
는 말을 들은 적이 있다. 그래서 나는 이게 정말 진짜인가 싶어, 한동

독일은 겨울이 우기이다. 겨울에는 거의 해를 볼 수 없다. 어느 겨울, 갑자기 비가 많이
내려 할레 시청 앞 광장이 한산하다.

안 매일 아침 체육관에서 우리 식당까지 약 1.2킬로미터를 걸으면서 비 오는 날 우산 쓴 사람과 안 쓴 사람의 숫자를 세어 보았다.

비 오는 날 며칠을 그렇게 하여 평균을 내봤더니 우산 쓴 사람이 45%, 안 쓴 사람이 55% 정도였다. 그 결과, 독일인들은 비 오는 날 우산을 안 쓴다는 말은 틀렸다는 것을 증명했다. 하지만 많은 독일인들이 우산을 안 쓰고 다녔다. 그도 그럴 것이, 이놈의 독일 비는 한국처럼 한꺼번에 왕창 내리는 것이 아니라 시도 때도 없이 예측불허로 찔끔찔끔 내렸다가 그치고, 또 내렸다 그치기를 반복한다.

나도 이런 기습적인 호우 덕분에 체육관에서 운동을 마치고 식당으로 출근할 때, 가랑비에 도포 자락 젖듯 옷이 흥건하게 젖을 때가 몇 번 있었다. 이때 한국에서 산 외투를 입고 가면 그 축축함을 종일 유지하는 반면, 독일에서 산 외투를 입으면 큰 영향이 없었다. 왜냐하면 독일산 외투는 이러한 날씨에 대비하여 방수가 아주 잘 되어 있기 때문이다. 하여튼 나는 그 이후 내 운동 가방에 우산까지 챙겨 넣느라 가방이 더 무거워졌다. 내가 봤을 때, 우천 시 우산을 안 쓰는 독일인들은 강수량도 적은 데다 방수가 완벽한 외투를 입었기 때문에 비를 맞으며 멋지게 자전거를 타거나 걸으려는 사람들이 아닐까 한다.

계절이 바뀌는 5월이 되면 가방은 더 무거워진다. 이때부터 무시로 찬란한 태양이 빛을 쨍쨍 내리쬐어서 선크림과 선글라스도 챙겨야 하기 때문이다. 아침에 체육관을 갈 때는 날씨가 추워 털모자를 쓰고 집을 나선다. 운동이 끝나고 체육관을 나서면 엄청나게 강렬한 햇빛이 비쳐 선글라스 없이는 도저히 눈을 뜰 수가 없다. 그리고 식당 일을 마치고 집에 갈 때면 보슬비가 부슬부슬 내린다. 인류가 외계에서 새로운 행성을 발견하고 거기서 첫날을 보내는 듯한 참으로 변화무쌍한 날씨이다.

독일은 도시 곳곳에 실외 테니스장이 많다. 대부분 아주 좋은 품질의 흙으로 만든 클레이코트이다. 이런 실외 테니스장 오픈 기간도 겨울을 제외한 5월부터 10월까지이다. 겨울에 날씨만 추우면 그럭저럭 테니스를 칠 텐데, 하도 비가 자주 오니 대부분 테니스장은 문을 닫는다. 겨울에는 햇빛을 거의 볼 수 없다. 나는 현재 독일 할레시에 살고 있고, 중국에서 10년간 파견근무를 할 때에는 중국 하북성 진황도시, 한국에 있을 때는 경기도 군포시, 그리고 지방 근무를 했을 때는 경남 양산시에서 근무했다. 내가 한번은 이 4개 지역의 2022년 12월 한 달간 해 뜨는 쾌청 일수를 비교해 본 일이 있다. 그랬더니 양산 25일, 군포 14일, 진황도 14일, 할레 0일이었다.

이렇게 겨울에 햇빛 한번 못 보고 비만 뿌리니, 주위에 감기에 걸린 독일인들이 많다. 겨울 날씨가 이렇다 보니 독일인들은 날씨가 좋아지고 햇빛이 쨍쨍 내리쬐는 5월부터는 기를 쓰고 밖으로 나간다. 이때부터 우리 식당도 파리를 날리는 날이 시작된다. 왜냐하면 이때부터 독일인들은 조금이라도 더 햇볕을 쬐려고 노천에 식탁이 있는 식당만 골라서 가기 때문인데, 아쉽게도 우리 식당은 노천에 식탁이 없다.

5월부터 하루 날씨를 예측할 수 없다. 강렬한 태양이 내리쬐다가도 갑자기 검은 먹구름이 몰려와 비를 뿌린다. 이때는 선크림, 선글라스, 우산을 필수적으로 챙겨야 한다.

식당 앞에 자전거 도로가 있어 식탁을 놓을 만한 공간이 없다. 인도 위에서 식탁을 놓고 음식을 판매하려면 시청의 허가를 받아야 하

강렬한 햇볕이 넘쳐나는 여름만 되면, 독일인들은 무조건 노천에 식탁이 있는 식당만 골라서 간다. 자외선에 피부 노화가 되든 말든 일단 태양 아래서 밥을 먹으려 한다. 한국인들은 태양을 피해서 먹는데 말이다.

고, 인도 점용료도 상당히 비싸다. 여름에 밥을 먹으러 오는 적지 않은 손님들이 식탁을 들고 밖으로 나가서 먹으면 안 되냐고 물어본다. 한번은 7명의 손님이 예약하고 와서 '밖에서 먹으면 안 되냐?'고 물어보길래 안 된다고 하니, 그냥 그 길로 다른 식당으로 가버리는 일도 있었다. 정말 햇볕을 너무나도 그리워하는 독일인인 것 같다.

강렬한 봄과
여름의 자외선

    독일의 여름철 자외선 지수는 매우 높다. 한국은 여름철이 습하고 매우 더워서 온종일 에어컨을 켜 놓아야 하는데, 독일은 에어컨이 필요 없다. 그렇게 후덥지근한 날씨가 없기 때문이다. 다만 여름철 자외선은 굉장히 강하다.

    나는 직장 생활을 했을 때, 한동안 중국으로 파견근무를 갔었다. 내가 중국 하북성 진황도시에서 처음 파견근무를 시작했을 때였다. 한 번은 회사 운전기사가 관리부장을 맡고 있던 나에게 찾아와 느닷없이 규정에 나와 있으니 선글라스를 사달라는 것이었다. 한국에 있을 때, 회사에서 운전 기사에게 선글라스는 지급하는 것은 듣도 보도 못한 경우라 나는 코웃음을 치며 못 사준다고 단칼에 거절했다. 그 친구는 뭐라고 중얼거리며 잔뜩 뿔이 나서 나가버렸다. 나중에 알고 보

어찌나 독일 태양이 강렬한지 여름 한 철 다이빙을 즐기다가 순식간에 나의 양쪽 다리에 흰색 반점이 여러 개 생겼다.

니 정말 중국 진황도시 인민 정부에는 이런 규정이 있었다.

"진황도시는 해안 도시로서 자외선 지수가 매우 높아 실외근무를 많이 하는 직원에게는 선글라스를 지급해야 한다."

그런데 내가 독일 그리고 중국, 이렇게 두 곳에서 살아 보니, 독일이 중국보다도 자외선 지수가 훨씬 높다는 사실을 알게 되었다. 나는 독일에 온 뒤, 2년 연속 여름철마다 동네에 있는 실외 수영장을 찾았다. 그 수영장에는 다이빙대가 있었는데, 다이빙을 좋아하는 나는 매년 10번도 넘게 수영장을 찾아 다이빙을 즐겼다. 그런데 어느 날, 우연히 내 다리를 보다가 조그만 흰색 반점이 생긴 것을 발견했다.

"응? 이게 뭐지?"

인터넷을 검색해 보니 백납증, 백반증일 가능성이 있고, 그것은 강한 자외선에 노출될 경우 생길 수도 있다는 것이었다. 더럭 겁이 난 나는 피부과에 가서 의사에게 진료를 받았다. 의사는 이리저리 살피

더니 몇 군데 살점을 떼어내는 조직검사를 하자고 했다. 그리고 조직
검사를 하는 날을 별도로 잡고 각서에 서명까지 했다. 병원에서 돌아
와 아내에게 그 이야기를 했다. 그랬더니 아내는 혀를 끌끌 차면서
나에게 핀잔을 줬다.

"한국 같으면 불빛만 비춰봐도 뭔지 아는데, 별것도 아닌 점 하나
가지고 살을 떼어낸다고 난리예요? 거기다 각서까지 쓰고. 한국으로
휴가 나가면 그곳 동네에 있는 ○○피부과에 가봐요."

나는 아내의 말에 따르기로 했다. 몇 개월 후 한국으로 휴가를 가는
길에 동네 피부과에 들러 문제의 다리 부위를 보여주었다. 그랬더니
의사는 그것이 아무것도 아니라는 듯 심드렁하게 바라보았다.

"백납증 같은 건 아니고요. 나이가 들면 멜라닌 색소가 빠져서 그
러니, 강한 햇볕에 너무 드러내지 마세요. 연고 하나 처방해 줄 테니,
바르세요."

그리고 독일로 돌아와 그 연고를 한동안 발랐더니, 다행히도 작은
흰점은 어느새 자취를 감추고 말았다.

독일인들은 여름에 가급적 많은 시간을 햇빛에 피부를 노출하려고
한다. 물론 선크림 등을 바르고 자외선을 차단하려 할 것이다. 하지
만 한 해 여름 만에 피부 트러블이 생긴 나였는데, 평생을 강한 햇볕
에 노출한 독일인이라면 그것이 결코 피부에 좋은 영향만 줄 리가 만
무하다.

특히 백인은 피부 속이 아시아인보다 얇아서 피부 노화가 빨리 온
다. 나는 그것을 내가 다니는 체육관에서 내 눈으로 직접 확인할 수

독일의 햇볕은 한국보다도 훨씬 강하다. 이른 봄만 되어도 사진에서처럼 강한 햇볕이 비추기 때문에 선크림을 반드시 발라야 한다. 안 그러면 나처럼 다리에 흰색 반점이 생길 수 있다.

있었다. 체육관에서 사우나를 할 때, 나는 연배가 비슷한 것으로 알고 있는 한 독일인의 속 피부를 볼 기회가 있다. 이때 그의 피부를 본 뒤, 노화가 엄청나게 빨리 이루어졌다는 것에 정말 많이 놀랐다.

독일인들은 피부가 하얀 만큼 자외선량도 더 많이 받아들여 노화도 빨리 이루어지고, 피부암 발병률도 상당히 높다. 아마도 그때 그 독일 피부과 의사가 나에게 피부 조직검사를 해야겠다고 한 것도 그들의 기준으로 봤을 때, 피부암 발병률이 높아 그런 게 아닌가 싶다.

한번은 우리 식당 사장인 처제가 기분이 매우 나쁜 적이 있었다. 여자들은 보통 자기가 늙었다고 느낄 때, 기분이 안 좋아진다. 그날 어떤 독일 노부부가 식사하러 왔다. 그 부부는 참 말이 많았는데, 식사하던 중 독일어를 잘하는 우리 처제와 이런저런 이야기를 하다가 갑자기 나에 관해 물어왔다.

"저기 카운터에 있는 한국 사람은 당신 아들이에요?"

기분 좋게 깔깔대던 처제는 그 한마디에 기분이 몹시 나빠졌다.

"아뇨, 우리 형분데요!"

그 부부는 나갈 때, 자신들보다 훨씬 젊어 보인 한국인 60대 남성 때문에 떨떠름한 표정으로 팁도 한푼 안 주고 나갔다. 원래 독일인들은 팁에 후한데도 말이다. 한국에서 살면 다른 나라에서 사는 것보다 훨씬 더디게 늙는 것 같다.

독일 아이스크림가게의
비밀

독일인들은 아이스크림을 정말 좋아한다. 여름 몇 달을 제외하고는 일 년 내내 날씨가 우중충하고 비가 많이 오다 보니, 독일인들의 성격도 명랑 쾌활하기보다는 날씨처럼 차분하다.

그래서 그런지 독일인들은 먹으면 몸속의 도파민을 50% 이상 증가시켜 기분을 좋게 만드는 초콜릿, 아이스크림 등 달콤한 것을 정말 많이 찾는다. 이곳 할레시를 찬찬히 살펴보면 도시 곳곳에 아이스크림 전문판매점이 많다. 그런데 나는 이 아이스크림 판매점 중 일 년 내내 문을 열어놓은 곳을 단 한 군데도 본 적이 없다. 이 판매점들은 한국의 해수욕장 파라솔 대여점이나 스키장 입구의 스키보드 대여점처럼 여름 한 철 문을 열고, 그때 일 년 먹고살 것을 다 벌어 놓는다. 월별로 따지자면 매년 4월에서 9월까지 약 6개월 정도 문을 연다. 그때 문을 연다고 해도 매일 열지도 않는다.

날씨가 흐린 날이나 비가 오는 날은 어김없이 닫혀있다. 판매하는 아이스크림도 비싸지 않다. 아이스크림콘 하나에 1,500~3,000원 정도이다. 나는 그런 아이스크림점을 볼 때마다 '저렇게 해서 가겟세라도 제대로 내겠나?' 하는 생각이 먼저 든다. 그런 아이스크림점들의 규모로 봤을 때, 한 달 임대료는 어림잡아 250만~350만 원 정도 할 텐데 말이다. 독일은 의외로 상가 임대료가 비싸다. 나는 그런 아이스크림점들을 볼 때, 안 망하고 버티는 것이 참 용하다는 생각밖에 안 든다.

나는 여름철에 가끔 할레 공원에 간다. 매우 큰 규모의 할레 공원은 드넓은 잔디밭, 많은 나무, 호수로 이루어져 있고, 공원을 끼고 잘레강이 흐르고 있다. 날씨가 좋은 날에는 호수 가운데 설치된 분수대에서 족히 50여 미터 높이의 물줄기를 뿜어내는 장관을 연출한다. 한번은 내가 그런 멋진 분수 쇼를 보고 있을 때, 호숫가에서 한 푸드트럭이 음식을 판매하고 있는 것이 눈에 띄었다. 그리고 트럭 앞으로 수많은 사람이 길게 줄을 서 있었다. 거기서 무엇을 팔길래 저토록 많은 사람이 줄을 서는가 싶어, 요식업에 종사하고 있는 나로서는 호기심이 발동하지 않을 수 없었다. 그 푸드트럭으로 가보았더니, 〈동독 아이스크림〉이란 간판을 내걸고 아이스크림을 판매하고 있었다.

"동독 아이스크림?"

동독 아이스크림이 대체 무엇이길래 이토록 많은 사람이 줄을 서

독일 대부분의 아이스크림점은 여름 한 철 장사를 한다. 여름이라고 매일 문을 열지도 않는다. 흐린 날에는 어김없이 닫는다. 하나에 2~3유로로 하는 아이스크림을 팔아서 비싼 임대료 내고, 일 년을 먹고사는 걸 보면 참으로 대단한 아이스크림점들이다.

는가 싶어, 나도 그 대열에 합류하여 동독 아이스크림을 하나 샀다. 그것은 특별한 것 없이 과자 콘에 소프트 바닐라 아이스크림을 담아 주는 그런 아이스크림이었다. 한입 베어먹어 보니, 그 맛은 아! 내가 어렸을 적 동네 문방구 앞에서 팔던 딱 그런 소프트아이스크림 맛이랑 똑같았다. 뭔가 재료가 덜 들어가 고밀도의 맛이 아니면서 연유의 맛도 살짝 나는 그렇고 그런 전형적인 옛날 저품질 아이스크림 맛이었다. 나는 그 아이스크림을 먹는 순간, 어렸을 적 동네 문방구에서 빙글빙글 돌려 나오는 신기한 소프트아이스크림을 사 먹던 추억이 불현듯 떠올랐다. 나도 그런데 독일인들 중 어린 시절 사회주의 체제였던 동독에서 이 아이스크림을 먹어본 사람은 오죽하겠는가! 그것은 정말 추억을 손쉽게 불러오는 타임머신 아이스크림이었다.

독일인이
걸인을 만났을 때

할레 거리에는 몇 명의 걸인이 있다. 그들은 마치 사무실에 출근하듯 고정된 한 자리에 매일 나와 구걸을 한다. 이들도 주 5일제 근무를 한다. 다른 직장인이 쉬는 토요일, 일요일은 이들도 쉰다. 그런데 내가 이들을 통해 참으로 신기한 점을 하나 발견한 것이 있다.

그것은 독일인들 중에 걸인에게 적선하는 사람도 많을 뿐 아니라 이들과 대화를 하는 독일인이 그렇게 많다는 것이다. 마치 길거리에서 친구 만나듯, 한참 동안 대화를 한다. 대체 걸인과 무슨 대화를 나누는지 가까이 가서 귀를 세우고 듣고 싶을 정도이다.

한번은 시내에서 트램(노면 전차)을 타려고 정류장에 서 있었다. 길건너편에는 늘 같은 자리에서 근무하는 걸인 한 명이 있었다.

한국 같으면 걸인에게 적선만 하고 그냥 가던 길을 갈 텐데, 독일인들은 적선한 후 걸인과 대화를 나눈다. 대체 어떤 대화를 나누는지 무척 궁금하다.

'어디 한번 보자. 오늘은 얼마나 벌라나?'

나는 개를 끌어안고 모포가 깔린 바닥에 편하게 앉아 있는 그 사람을 멀리서 물끄러미 바라보았다. 트램을 타기 전까지 몇 명의 독일인이 적선을 하나 세어 볼 참이었다. 그래서 트램을 기다리는 시간 대비 하루 근무 시간을 계산하면 대충 그의 한 달 수입이 나올 것 같았다.

그런데 저만치에서 내가 아는 분이 오는 것이 아닌가! 그분은 '요하임'이라는 독일인 할아버지였다. 연금으로 노년을 보내는 그 할아버지는 오다말고 지갑을 꺼내는 것이었다. 그러고는 그 걸인에게 가서 앞에 놓여있던 모자에 동전 하나를 넣었다.

'음, 역시 괜찮은 할아버지군.' 나는 고개를 끄덕이며 바라보고 있었다. 그런데 할아버지는 적선 후, 바로 가던 길을 가지 않고 걸인하고 무엇인가 한참 대화를 나누는 것이었다.

"대체 무슨 대화를 나누는 거지?"

나는 중얼거렸다. 이런 모습은 요하임 할아버지뿐만이 아니다. 많은 독일인들이 저렇게 적선을 하고 난 후, 마치 친구와 대화하듯 무엇인가 이야기를 나눈다. 만약 나에게 걸인에게 적선 후, 무슨 말이라도 한마디하고 가라고 했다면 난 이렇게 말했을 것이다.

"어서 거지 신분에서 벗어나쇼. 막노동이라도 해야지 원."

어쨌든 나는 '걸인에게 적선했으면 했지, 굳이 말까지 걸어야 할까?'라는 생각이 들었다. 이것은 아마도 내 마음속에는 '너와 나는 신분이 다르다.'라는 신분 의식이 깔렸기 때문에 그런 게 아닌가 싶다.

하지만 독일인들은 그렇지 않다. 모두 '당신이나 나나 똑같은 사람이다.'라는 생각을 하는 것 같다. 신이 각자에게 내려준 직업과 직분이 다를 뿐이지 우리는 똑같은 인간이라고 생각하기에, 그렇게 걸인과 스스럼없이 대화를 많이 나누는 것 같다. 걸인과 대화를 나누는 사람은 '요하임' 할아버지 같은 노인보다 젊은이가 더 많다. 식당에서 팁을 주는 사람도 대학생 이상이면 남녀노소를 가리지 않는다.

길 한복판에 노숙인이 드러누워 있자, 젊은이 둘이 경찰을 부르지 않고, 뭔가 한참 동안 이야기하면서 노숙인에게 인생 상담을 해주고 있다.

"너와 나는 평등하다."

이런 의식이 이들의 밑바탕에 깔려 있어서 카를 마르크스의 공산주의 이론도 독일에서 나왔는지 모른다.

　한번은 아침 운동을 하고 체육관에서 나왔는데, 거리의 쓰레기통을 뒤지는 걸인을 발견하였다. 그 모습이 하도 불쌍하고, 그동안 독일인들이 걸인에게 적선하는 모습을 많이 봐온 터라, 나는 그에게 과감하게 지갑에서 7,000원을 꺼내주었다. 그 걸인은 놀란 눈으로 나를 쳐다보았다.

　"필렌 당크.(감사합니다.)"

　그렇다고 내가 독일인들처럼 걸인과 대화를 나눌 것까지는 없었고, 걸음을 재촉하여 식당으로 향했다. 나는 벌써 와서 오픈 준비를 하고 있던 집사람에게 조금 전에 있었던 일을 자랑스럽게 이야기했다. 그랬더니 아내는 오이를 썰다 말고 칼로 도마를 '탁' 치며 말했다.

　"어휴, 거지한테 뭐 그렇게 많이 줘? 어서 일이나 해요!"

10년 할부로
구매한 소파

독일에서 치과의사, 대기업 직원으로 일하는 젊은 한국인 부부가 있는데, 그들은 얼마 전 내 집 마련을 했다. 시가 약 5억 원 하는 집을 샀는데, 자기 돈은 하나도 안 들이고 전액 은행대출을 받았다. 원리금 상환 기간은 무려 40년이나 된다. 계산을 해보니 매달 상환해야 할 금액이 예전에 살던 집의 월세와 거의 같은 금액이라고 한다. 안정된 직장만 다닌다면 독일에서는 이런 초장기 내 집 마련 대출 혜택도 받을 수 있다.

이 부부는 새집에 들어간다고 가구도 새로 장만했는데, 정말 경탄할 만한 일이 있다. 침대, 소파, 가구 등을 전부 할부로 구매한 것이다. 그런데 그 할부 기간이 10개월도 아니고 장장 10년이라고 한다. 독일에 살면 '사업을 해서 크게 성공해야지!'라는 야무진 꿈은 참으

독일 라이프치히에 있는 구 동독 박물관. 동독 시절의 사회 생활상을 아주 자세히 묘사한 흥미로운 박물관이다. 오래된 공산주의 동독 잡동사니 속에 앉아 있는 레닌상이 인상적이다.

로 이루기 힘든 일이지만, 견실한 직장만 다닌다면 인생에서 크게 망하는 것 없이 고만고만한 수준에서 꾸준하게 살 수는 있다.

그 부부 월급통장에서는 몇십 년을 두고 매달 주택담보대출 원리금, 소파 할부금, 침대 할부금 등이 꼬박꼬박 나갈 것이다. 이러니 이들에게 목돈을 모은다는 것은 이미 물 건너간 일이지만, 평생을 저 정도 수준에서 꾸준히 살아갈 수는 있다. 이것이 사회주의 개념이 저 변에 깔린 독일인들의 삶의 특징이라고 할 수 있겠다.

독일은 의원내각제, 연방제 정치 제도를 두고 있는 민주주의국가임에도 불구하고 생활 곳곳에서 사회주의적 색채를 많이 발견할 수 있다. 이러한 성향은 아마도 내가 지금 사는 독일 할레 인근에서 활동하였던 500년 전 종교개혁가 마르틴 루터로부터 시작된 것이 아닐까 한다.

중세 로마 가톨릭교회가 금전이나 재물을 바친 사람에게 그 죄를 사하여 주는 면죄부를 판매하여 전 유럽을 뒤흔들었다. 그것이 잘못된 것임을 다들 알고는 있었지만, 그 누구도 감히 로마교황청에 반기를 들 수 없었다. 그때 마르틴 루터는 홀연히 일어나 절대권력자 로마 가톨릭교회에 항거하는 반박문을 썼고, 소수의 선택된 성직자나 귀족들만 읽어왔던 성경을 일반 평민들도 읽을 수 있도록 독일 작센주 발음의 쉬운 독일어 구어체 성경을 만들어 당시 100만 부나 판매하였다. 이렇게 많이 팔 수 있었던 데에는 구텐베르크의 금속활자가 큰 역할을 했다. 구텐베르크는 당시의 스티브 잡스였던 것 같다. 신기술을 이용한 상품을 누구를 대상으로 팔아야 돈이 될지 잘 알고 있었기 때문이다. 어쨌든 마르틴 루터의 이런 개혁 정신이 있었기 때문에 새로운 개신교가 탄생할 수 있었고, 그것이 근대로 흘러들어 마르크스 사상으로 이어진 것이라고 본다. 사실 따지고 보면 공산주의 이론은 기독교적 세계관을 가진 신학 이론에 불과하다.

내가 독일에 와서 독일인들이 왁자지껄 떠들거나 깔깔대며 웃는 모습은 좀처럼 보지를 못했다. 우리 식당만 해도 그렇다. 한국처럼 모든 테이블이 경쟁이라도 하듯 도떼기시장을 방불케 하는 그런 시끌벅적한 분위기는 단 한 번도 없었다. 시끄러운 식당 분위기라면 중국도 만만치 않다. 하지만 독일인들은 상당히 조용하다. 그러기에 이들은 심오한 철학이나 사상을 연구하는 데에는 탁월한 능력이 있는 것 같다.

우리 앞집에 중장년의 독일인 미혼 남자가 혼자 살고 있다. 내가 이곳에 3년을 살면서 그 사람을 채 열 번도 보지 못했다. 볼 때마다 내가 "안녕하세요! 오랜만입니다."라고 인사를 하면 나보다 더 길게 대답한 적이 한 번도 없었다.

그는 항상 뭔가를 고심하는 심각한 얼굴을 하고 있는데, 무슨 장기 연구과제를 안고 긴 세월 연구에 몰두하고 있는 듯한 모습이었다. 나는 이 사람을 볼 때마다 '장가 가기 쉽지 않겠는데.'라는 생각이 들었지만, 그 친구는 실제로 장가 갈 생각이 전혀 없는 것 같았다. 특별히 불편한 것이 없어서 계속 그렇게 사는 것을 즐기는 것 같았다.

내 독일 친구 핸드릭도 그렇다. 직장은 독일 대기업 운송회사 D사다. 나이도 40대 초반인데, 어머니랑 함께 살고 있어서인지 아직 장

대학교 캠퍼스도 아닌 할레시 주택가 벽에 누군가 그린 벽화다. "자본주의가 우리의 미래를 죽인다."란 말로 사회주의 이념이 매우 강한 독일 젊은이들의 성향을 엿볼 수 있다.

가 갈 생각도 없다고 한다. 대학교는 메르켈 총리가 졸업한 라이프치히 대학교 물리학과를 중퇴했다. 독일은 대학을 중퇴해도 능력만 되면 좋은 회사에 취업이 된다. 핸드릭은 D사에서 사무직으로 화물 통계업무를 보면서 그냥 그렇게 산다. 그의 취미는 아시아 국가를 여행하는 것, 한국어 배우는 것, 일본만화 보는 것이다. '열심히 일해서 임원 한번 해봐야지!', '저 여자랑 결혼해서 아이 낳고 잘 살아야지.' 뭐이런 생각은 전혀 없어 보인다. 그래도 내가 보기에 핸드릭은 자신의모든 생활 루틴에 만족하며 살고 있다.

나는 독일인들이 그토록 지성적이라면 대학 진학률이 매우 높을 것으로 생각했었다. 그러나 실상을 알고 보니 놀라울 정도로 낮았다. 한국의 대학 진학률은 70%로 세계 최고 수준이지만, 독일은 고작 28%에 불과하다. 나는 이렇게 관념적이고 사고력이 뛰어난 사람들이 왜 대학교에 진학하지 않을까, 하는 의문을 갖고 이를 조사해 봤다. 역시 거기에도 기독교적 사상이 깊이 관여하고 있음을 발견했다.

500년 전, 그때만 하더라도 조선은 유교 사상이 중심에 있었기 때문에 죽음 후의 내세관은 특별한 게 없었다. 죽어서는 오로지 제사상에 밥 먹으러 오는 정도였고, 모든 것이 현세 위주의 삶이었기 때문에 살아서 입신양명하는 것이 가장 중요했고, 너도나도 출세하기 위하여 열심히 공부하였다. 오늘날 우리나라의 세계적인 교육수준과 높은 대학 진학률은 벌써 이때부터 시작됐다고 봐도 틀리지 않을 것이다.

반면 독일의 마르틴 루터가 활동하던 500년 전, 독일인은 사후 세계에 대하여 깊은 고민에 빠져 있었다.

'나는 죽어서 과연 천국으로 갈 수 있을까?'

'나는 죽어서 주님 곁에 있을까? 혹시 사탄이 데려간다면?'

이들은 이런 것에만 비상한 관심이 있었다. 대다수 백성이 돈이 없어 로마 가톨릭교회가 절찬리에 판매한 영혼 구제용 면죄부도 살 수 없는 형편이었다. 그럼, 결국 '잘사는 귀족이나 공부 많이 하여 출세한 관료들만 면죄부를 사서 천국으로 가는가?' 하는 번뇌에 빠져 있을 때, 이를 해결해 주는 사상이 나왔으니, 그것이 바로 마르틴 루터나 칼뱅의 구원론이었다. 천국에 가는 사람은 귀족, 관직자, 면죄부 구매자가 아니라 평생 천한 직업을 가졌더라도 자기 일에 만족하고 순종하는 삶을 산 사람들이라는 것이 구원론의 골자다.

내가 보기에 독일인들은 이 사상을 철저하게 믿는 것 같다. 그래서 자신이 종사하는 직업이 험한 일이라 하여도 창피해하거나 기죽는 경우를 보지 못했다. 우리 식당에도 현장에서 일하던 모습 그대로 흙 묻은 작업복을 입고 들어와 당당하게 식사를 하는 독일인이 많다. 자기 옆 테이블에 무척 우아한 척 천천히 말하며 식사를 하는 의사들이 있어도 전혀 기죽지 않고 식사를 한다. 이들은 모두 자기 일에 충실하며 천국으로 갈 것을 굳게 믿고 있는 사람들이다. 또한 굳이 대학교에 진학할 필요가 없다고 생각한다.

그래서 독일의 대학 진학률은 엄청 낮고 레알슐레(Realschule), 베루프슐레(Berufsschule), 마이스터 제도, 파호크슐레(Fachhochschule) 등 직업학교, 직업교육, 직업연수 시스템이 세계 최고수준에 이르고 있다.

내 조카만 해도 그렇다. 이 녀석은 그렇게 음악을 전공하고 싶어 했는데, 부모가 한국인이다 보니 부모님의 간절한 소망에 의해 어쩔 수 없이 의대 진학을 목표로 했다. 조카의 성적은 그리 나쁘지는 않았지만, 의대에 입학하기에는 조금 부족한 점수였다. 그런데 독일에는〈프락티쿰(Praktikum)〉이라는 인턴 실습제도가 있다. 이것은 의대는 가고 싶은데 점수가 부족한 고등학교 졸업생들이 우선 병원에 가서 1년간 온갖 허드렛일을 다 하는 것이다. 그러면 대입 가산점을 왕창 준다. 결국 내 조카도 동네 종합병원에서 1년간 온갖 잡일을 다 한 후, 가산점을 받아서 독일 치대에 당당하게 입학하였다. 이처럼 독일은 대학 입학보다는 직업정신을 더 중요시하고, 그런 직업을 체험할 기회를 많이 주고 있다.

내가 독일이라는 좀 멀리 떨어진 곳에서 한국을 바라보니, 우리나라는 정말 학벌을 최우선시한다는 생각이 들었다. 한국은 대학 진학률 70%라는 경이적인 기록을 보유하고 있다. 또한 대학 졸업 후 집에서 쉬고 있는 청년도 70만 명이라는 기록도 동시에 보유하고 있다. 그래서 정부에서도 청년실업률을 단 1%라도 줄이려고 많은 노력을 기울이고 있다. 이런 때에 독일의 다양한 교육제도, 직업연수제도 등을 조사하여 우리 젊은이들에게 새로운 취업의 돌파구를 마련해 주는 것이 어떨까 한다.

자전거의
달인들

내가 봤을 때, 독일인들은 전 세계에서 자전거를 가장 잘 타는 사람들이 아닐까 싶다. 지금은 자동차 대국이지만, 예전에 자전거 대국이었던 중국의 인민들도 자전거를 아주 잘 탄다.

내가 회사에서 중국 현지 주재원으로 파견을 나가 근무를 시작한 초창기인 1997년경, 그때는 모든 중국인들이 자전거를 타고 출퇴근을 했다. 우리 합작회사 직원들도 마찬가지였다. 그때 같은 부서에서 근무했던 왕웨이라는 직원이 아직도 생각난다.

나는 자동차를 타고 출근하면서 자전거를 타고 가는 왕웨이를 가끔 발견했는데, 볼 때마다 입이 딱 벌어졌다. 왕웨이는 날씨가 쌀쌀한 날에는 아예 핸들에서 손을 떼고 호주머니에 넣던가, 아니면 팔짱을 낀 채로 자전거를 탔다. 대단한 기술을 지닌 사람이었다. 이 정도는 약과였다.

어느 날 운전을 하다 출근하던 왕웨이를 발견한 나는 까무러치는 줄 알았다. 한동안 왕웨이는 무협지에 푹 빠져 있었는데, 점심시간이 끝나고도 계속 읽고 있어 나한테 혼난 적이 있었다. 그런 왕웨이가 시간을 아끼려고 출근하는 자전거 위에서 핸들은 놓고 두 손으로 책장을 넘기며 히죽히죽 웃으며 페달을 밟고 있었다. 정말 믿기지 않는 테크닉에 감탄을 금치 못했다. 중국에는 그런 자전거 고수들이 수두룩하게 널려있다.

그래도 내가 보기에 자전거 타기는 독일인이 중국인보다 한 수 위다. 독일인은 페달을 밟는 추진력이 타의 추종을 불허한다. 웬만한 언덕은 기어도 없이 올라가는데, 오토바이만큼 힘차게 올라간다. 중국인에게서는 그런 파워를 본 적이 없다. 그리고 중국에서 자전거 타는 사람 중에 안전 헬멧을 쓴 사람은 단 한 명도 본 적이 없었는데, 독일은 100% 다 쓴다.

독일인들은 아기가 걸음마를 시작할 때부터 자전거 타기를 가르치는데, 우리처럼 아이들 안전을 위한 세발자전거, 보조 바퀴 달린 두발자전거는 아예 없다. 모두 페달 없는 두발자전거를 탄다. 자전거를 타고 두 발로 땅을 구르면서 앞으로 나가는데, 자전거 균형 감각을 익히는데 최고의 훈련인 것 같다.

길거리에서 독일인들이 타고 다니는 자전거를 보면 정말 이상한 공통점이 하나 있다. 모든 사람이 안장을 높게 올리고 타는 점이다.

어렸을 때부터 자전거를 타는 독일 아이들. 항상 안전모를 쓰고 타며, 페달이 없지만 두 발로 쌩쌩 잘 탄다.

한국인들이 타는 자전거의 안장보다 족히 20∼30㎝는 높아 보인 다. 나는 아침마다 시내를 걸으며 모든 자전거를 다 살펴봤는데, 안 장을 안정적으로 낮게 하여 타는 사람은 딱 정해져 있었다. 중동인과 동양인밖에 없었다. 나는 한참 만에 독일인들이 왜 안장을 그렇게 높 게 올리고 타는지 그 이유를 발견했다. 그것은 독일인들이 어렸을 때 부터 자전거를 타온 습관 때문이었다.

아이들은 금방 자란다. 그런데 어떻게 자랄 때마다 아이의 키에 맞 는 자전거를 매번 사주겠는가? 사주면 금방 키가 커져서 또 사줘야

독일인은 자전거를 정말 잘 탄다. 쏜살같이 달리는 자전거를 탄 어느 독일 여인

할 텐데 말이다. 그래서 아이들의 키가 커져도 안장을 최대한 높게 올려 탈 수 있는 그런 자전거를 사주는 것이다.

기억해 보면, 내 큰 조카도 독일인답게 어렸을 때부터 자전거를 잘 탔다. 하지만 키가 금방 커졌기에, 지금껏 타던 자전거를 버리고 키에 맞는 자전거를 그때그때 사줄 수는 없었다. 그래서 그때마다 안장을 올려 주었고, 나중에는 조그만 자전거가 안장만 삐쩍 올라와 무슨 곡예단의 묘기를 보는 것 같았다. 요즘도 조카들은 자전거를 타는데 모두 안장이 엄청 높다. 내가 그걸 한번 타보려다가 가랑이가 찢어져 죽는 줄 알았다. 집사람은 아예 올라타지도 못한다.

우리 가게에 밥을 먹으러 오는 독일인들은 대부분이 자전거를 타고 온다. 식당 앞에 설치한 자전거 거치대는 한정되어 있는데, 손님이 밀려오면 자전거를 건물벽에 기대어 놓는 경우가 흔하다. 그럴 때마다 건물주 독일인 할아버지는 어디선가 숨어서 이것을 지켜보고 있었는지 갑자기 툭 튀어나와 씩씩거리며 우리 가게 문을 확 열고 들어온다.

"이거 누구 자전거요?"

할아버지가 소리치며 벽에 기대어 있는 자전거를 가리킨다. 잠시 식당 안에 정적이 흐른다.

"제 것인데요."

손님 중 누군가 대답하면, 할아버지는 벽 페인트가 다 벗겨진다고 야단이다. 그러면 어떤 이는 자전거를 옮기러 나가고, 어떤 이는 구시렁거리며 그냥 밥만 먹는다.

할레는 옛 동독 통치하에 있었는데, 이 지역은 대부분 도로 사정이 열악하다. 잔돌을 박아둔 전통 도로도 많고, 아스팔트 도로도 이런저런 공사 후 복구한 자리가 모자이크를 이룬다. 나는 처음 할레에 왔을 때, 이런 도로 상황을 보고 많이 놀랐다.

"시 예산이 많이 부족한 모양이네."

인구 24만 명 규모의 할레시도 작지만, 할레 옆에 인구 10만도 안되는 미니도시가 몇 개 된다. 독일은 이런 도시들에도 시립합창단, 시립교향악단이 있다. 음악을 전공하는 한국 유학생들이 이런 직장을 얻으려고 열심이고, 이미 입사한 한국인도 부지기수다. 내 동서도 마찬가지다. 이런 직장은 근무 시간은 짧고 급여도 적잖다. 정년퇴직 후 노령연금도 보장된다. 그런데 이 돈이 다 정부 예산으로 지급된다. 도로 보수는 하지 못해도 문화적 품위 생활을 유지하는 나라가 독일이다. 한국 같으면 작은 시립합창단은 전부 정리하고, 그 예산으로 도로부터 보수했을 것이다.

이런 열악한 도로 사정에도 불구하고 도시 어디를 가나 자전거 도로는 반드시 마련되어 있다. 대부분 보도 일부에 자전거전용도로 라인을 그어 놓았다. 나는 처음 그 라인이 자전거전용도로 표시라는 것을 들었어도 별 신경 쓰지 않고 그 라인 안에서 쭉 걸어 다니곤 했었다.

그러던 어느 날, 평소처럼 신경을 쓰지 않고 그 라인 안과 밖을 오가며 걷고 있는데, 갑자기 누군가 내 등에 세차게 부딪히는 게 아닌가! 순간 나는 너무 아파서 몸을 움츠렸다가 다시 고개를 들고 앞을 보았다. 그랬더니 어느 독일 여자가 아무 일도 없었다는 듯 유유히 자전거를 몰고 가고 있었다. 나는 화가 나서 그 여자를 잡으려고 뛰어갔다. 그런데 그 여자는 엄청난 파워로 오토바이보다 빠르게 사라져 버렸다. 나중에 이 일을 동서에게 말했다.

"그건 형님이 잘못한 거예요. 자전거전용도로에서 절대 걸어 다니면 안 돼요."

한국 같으면 아무리 자전거전용도로라 하여도 라이더가 경적 한번 누르거나 피해 갈 텐데, 독일은 그렇지 않다. 자기의 권리를 강력하게 표시한다.

독일인에게 자전거 타기는 생활화되어 장거리 이동을 할 때에도 자전거를 가지고 간다. ICE 고속열차 안에도 한 칸은 완전히 자전거 거치대만 설치되어 있다

나는 헬스센터에 가면 제일 먼저 러닝머신을 한다. 러닝머신에서 뛰거나 걷는다. 한국에 있을 때도 그렇게 했는데, 한국 헬스센터에서

앞뒤로 아이를 둘씩이나 태우고 큰 자전거를 힘차게 몰고 가는 용감한 독일 아줌마. 독일
아줌마의 자전거 테크닉은 가히 프로급이다.

러닝머신을 이용할 때면 다른 러닝머신에서 많은 사람이 걷거나 뛴
다. 모두 잘 걷고 잘 뛴다. 그런데 독일 헬스센터에서 보니, 독일인들
은 잘 걷지 못한다는 것을 발견할 수 있었다.

　참 희한한 일이다. 자전거도 잘 타고 축구도 잘하는 독일인인데, 유
독 러닝머신에서 걷는 것은 아주 서투르다. 독일인들은 걸을 때 팔을
흔들 줄 모른다. 두 팔이 원활하게 앞뒤로 흔들려야 걸음걸이도 힘
차게 앞으로 쭉쭉 뻗어 나간다. 한국인이라면 이걸 못하는 사람은 아

무도 없을 것이다. 그런데 독일인이 러닝머신에서 걷기를 할 때면 두 팔은 항상 러닝머신 앞에 있는 손잡이를 잡고 걷는다. 팔을 흔들며 걷는 사람은 한국인인 나와 집사람, 그리고 가끔 오는 베트남 여자밖에 없다. 독일인들은 아무도 팔을 흔들지 않는다.

나는 또 이게 무슨 일인가 싶어 곰곰이 생각해 보았다. 그랬더니 이것은 분명 독일인들이 어렸을 때부터 타온 자전거 습관 때문이라는 것임을 깨달았다. 평생을 자전거 핸들을 잡는 자세로 자전거를 탔기 때문에, 걸을 때도 자전거 핸들을 잡듯이 러닝머신 손잡이를 잡는 것이다.

헬스센터에서 운동할 때면 항상 내 옆에서 걷기를 하는 튼튼하신 독일 할머니 한 분이 있다. 어느 날 이분도 손잡이를 잡고 걷기를 하다가 평소의 나처럼 팔을 흔들면서 걷기를 시작했다. 나는 '웬일이지?' 하고 놀라 할머니를 힐끗 곁눈으로 쳐다보았다. 그 순간 할머니는 우당탕퉁탕하며 러닝머신에서 넘어져 뒤로 나가떨어졌다. 나와 주위 사람들이 깜짝 놀라 달려가 일으켜 세워 드렸다. 다행히 할머니는 다친 곳이 없었다. 그 이후 그 할머니는 러닝머신 근처에 얼씬도 하지 않았다.

자전거를 평생 타면 중둔근 엉덩이 뒤 근육이 약해져 잘 걷지 못한다.

대신 자전거의 장점은 많다. 허벅지 앞쪽 근육, 허벅지 뒤쪽 햄스트링 그리고 종아리 근육이 매우 발달한다. 그래서 독일인들이 축구를 잘 하나 보다.

한번은 우리 아들이 독일에 놀러 와서 막내 조카와 이곳에서 동네 축구를 한 적이 있었다. 조카의 독일 친구도 같이 뛰었는데, 그 친구는 근처 라이프치히 프로축구팀 유소년 축구학교에서 단기 축구교육을 받은 아이였다. 그때 우리 아들은 20대여서 겨우 초등학교 고학년밖에 안 된 그 애를 우습게 보고 몸싸움을 한다고 부딪혔는데, 무슨 바위에 부딪혀 몸이 부서지는 줄 알았다고 한다. 다리의 힘이 얼마나 좋고 단단한지, 조그만 아이가 꿈쩍도 하지 않았다고 한다.

거리에서 독일 아줌마가 자전거를 타고 가는 것을 보면, 예전 중국 직원 왕웨이는 비교가 안 된다. 자전거 앞에 딸 한 명, 자전거 뒤에 아들 한 명, 아니면 아이들 2명 태울 수 있는 박스가 달린 자전거에 아이들을 태우고 전기자전거도 아닌, 그냥 자전거를 아무런 기어도 안 넣고 언덕을 힘차게 올라가는 독일 아줌마들이다.

그걸 보면 '와! 저게 독일의 힘이구나!'라는 말이 절로 나온다. 저 애들이 커서 아줌마가 되면 또 애들을 태우고 언덕을 저렇게 올라갈 것이 아닌가! 독일의 힘은 자전거에서 나오는 것 같다.

자전거 왕국인 독일은 현재 자전거 과도기를 지나고 있다. 일반 자전거가 전기자전거로 교체되는 추세이다. 그런데 그 전기자전거 가격이 엄청나게 비싸다. 분명 그 전기자전거들 모두가 중국에서 제작하여 독일로 다시 가져와 판매하는 것일 텐데, 대당 가격이 약

앞 박스에 아이들을 2명 태울 수 있는 독일산 전기자전거. 가격이 무려 1,500만 원이다. 웬만한 소형 자동차 가격이다.

600~800만 원 정도 한다. 업체들의 폭리가 상당하다.

어느 날 길을 가다 보니, 우리 동네 자전거 가게에 전시된 아이들 두 명을 태울 수 있는 박스가 달린 전기자전거 가격이 1,500만 원이었다. 나는 그 가당치 않은 가격에 놀라 나의 페북에 사진을 올렸다. 그랬더니 한 친구가 '차라리 할리데이비슨 오토바이를 사겠다.'라고 댓글을 달았다. 그만큼 이들은 전기자전거를 고가정책으로 판매하고 있다. 그래도 친환경주의자이고 운동을 좋아하는 독일인들은 별말 없이 비싼 전기자전거를 꾸준히 구매하고 있다.

나는 독일에서 전기자전거 판매가 급상승하는 것을 보고, 한동안 원래 마음먹었던 K푸드 식당 하려는 것 대신 자전거 사업에 비상한 관심을 가졌었다. 그래서 중국 알리바바를 통하여 중국에서 유럽 수

출을 많이 하는 전기자전거 업체 D사를 알게 되었고, D사로부터 전기자전거 2대를 구매했다. 디자인도 독일 전기자전거에 비교하여 전혀 뒤지지 않았고, 성능도 더 뛰어났는데, 가격은 독일의 6분의 1 가격인 100만 원밖에 되지 않았다. 나는 이 상품이라면 독일에서 승산이 있겠다 싶어, 마침 프랑크푸르트 세계 자전거박람회에 참석한 D사의 담당자를 만나러 갔다. 그들과 이야기가 잘 되어 우리 가게 한쪽에 자전거를 전시하고 판매를 시작해 보기로 했다. 하지만 우리 한국식당 사장은 처제인지라 처제에게 보고했더니, "원래 팔던 거나 잘 팔자."고 하여 무산되고 말았다. 나는 처제의 말을 듣고는 원래 꿈꿨던 K푸드에 매진하자고 마음을 고쳐먹었다.

1990년대 말, 어느 미래학자는 2000년대에 들어서면 중국이야말로 자전거 세대에서 자동차 세대를 거치지 않고 직접 전기자전거 세대로 진입할 수 있는 유일한 국가가 될 것이라고 예언한 적이 있었다. 그런데 그 예언은 보기 좋게 틀렸다. 중국이 2000년대에 들어 경제가 급성장하고 개인소득이 늘어나니, 중국 국민 모두 주택과 자동차 마련에 올인하였다. 2006년 내가 두 번째로 중국 파견근무를 갔을 때, 자전거를 타고 출퇴근하던 중국 직원 대다수가 자가용 승용차를 타고 출퇴근하는 것을 볼 수 있었다. 아주 극소수 몇 명만 전기자전거를 타고 다녔다. 그 유명한 미래학자는 중국인이 얼마나 강한 배금주의 사상을 지니고 있는지 몰라서 전기자전거 세대 돌입을 운운했다.

중국인들은 돈을 많이 벌면 일단 좋은 집, 좋은 자동차, 금목걸이로 남에게 보여줘야 한다. 그 학자는 그런 심리를 잘 몰랐다. 하지만 내가 봤을 때, 전 국민이 전기자전거 대중화를 최초로 맞을 나라는 바로 독일이다. 지금 독일은 전기자전거 가격이 1,500만 원씩이나 하는데도 불구하고 구매하는 사람들이 많다. 그러면 나중에 가격이 더 싸지면 전기자전거 보급은 가히 폭발적으로 늘어날 것이다. 독일인들은 다른 나라 사람들보다 훨씬 친환경적이고 사회주의적이기 때문에 배금주의에 쉽게 빠지지 않을 것이다. 그러니 친환경적인 전기자전거가 겉모습만으로도 돈이 있고 없고의 위화감을 조성하는 자동차보다 훨씬 이들에게 걸맞고 친화력이 있다. 그렇기에 독일은 앞으로 전기자전거 최대 보급 국가가 될 것으로 생각한다.

내가 중국에서 구매한 전기자전거를 타봐서 아는데, 중국 전기자전거는 페달을 안 밟고 오토바이처럼 핸들만 돌려도 앞으로 쭉 잘 나간다. 물론 페달을 밟아도 자동으로 모터가 구동되어 힘 안 들이고 앞으로 잘 간다. 그런데 누가 굳이 그렇게 힘들게 페달을 밟고 타겠는가. 워낙 운동을 좋아한다면 그렇게 페달을 밟으며 하루 운동량을 채우려고 할 수도 있다.

그런데 내가 길거리에서 살펴보면, 전기자전거를 타는 독일인 100%가 페달을 구르고 다닌다. 굳이 그렇게 할 필요가 없는데도 열심히 페달을 밟고 전기자전거를 탄다. 내가 중국에 있을 때, 전기자전거를 타는 중국 직원이나, 지금 중국 전기자전거를 타는 나나 아무도 페달을 밟지 않고 핸들만 살짝 돌리며 주행한다. 나중에 알고 보니 독일산 전기자전거는 핸들 액셀이 아예 없었다. 무조건 페달을 굴려야만 모터가 작동하여 앞으로 나가는 원리였다.

전기자전거를 쉽게 탈 수 있는데도 불구하고 일부러 힘들여 어렵게 타는 독일인들을 보고 있노라면, 독일은 친환경적인 미래 사회를 개척하는 데 있어, 두 아이를 앞뒤로 태우고 언덕을 힘차게 올라가는 아줌마처럼 동력을 잃지 않고 꾸준히 앞으로 나아가, 머지않아 그런 전기자전거 사회를 이룰 것으로 본다.

자동차소유자는
봉

독일은 내연기관 자동차를 최초로 발명한 나라이며, 굴지의 자동차 브랜드가 포진해 있는 명실상부한 세계 최고의 명품 자동차 종주국이다. 그럼에도 불구하고 독일에서 자동차를 소유하고 있으면 그 유지비가 한국보다 훨씬 많이 들어간다. 그래서 우리 부부는 독일에서 자동차를 구매하지 않았다. 집, 식당, 헬스센터만 오가기에 굳이 자동차가 필요 없고, 트램을 타면 전국 어디에나 갈 수 있기 때문이다. 트램 승차권 중 한 달 7만 원짜리가 있는데, 이것을 월 정기권으로 사면 전국 어디서나 무제한으로 트램, 기차를 다 탈 수 있다. 게다가 독일은 카셰어링(Carsharing, 자동차 공유) 회사가 나날이 성장하고 있다. Miles, Share Now, Sixt 등 유럽 전체 네트워크를 갖춘 자동차 공유회사가 많고, 젊은 층은 대부분 공유 자동차를 사용한다. 〈소유의

종말〉이란 책을 쓴 제러미 리프킨의 말처럼 미래는 공유사회로 갈 것이고, 그것을 선도하는 나라는 아마도 자본주의와 공산주의의 장점을 믹스한 독일이 되지 않을까 싶다.

어쨌든 독일에서 자가용 차를 소유한다는 것은 일종의 짐이라 할수 있는데, 수리비만 해도 그렇다. 한번은 처제네가 타고 다니는 B사SUV 자동차의 계기판에 이상한 경고등이 자꾸 켜져서, 처제는 신경이 쓰여 그것 좀 점검해 달라고 정비소를 찾아갔다. 정비소에서는 한번 점검해 보겠다고 하여 차를 맡기고 그날 오후에 찾으러 갔다. 차의 시동을 걸어보니 정말 계기판에 경고등이 더는 안 켜졌다. 기분이좋아진 처제는 그곳이 B사 지정정비소이고 이 정도 수리는 서비스로해주겠지, 하고 밝은 목소리로 물었다.

"수고 많으셨네요. 얼마에요?"

잠시 후, 돌아오는 대답에 처제는 까무러치는 줄 알았다.

"네, 280만 원입니다."

"네?"

전혀 이해가 안 가는 수리비에 처제는 깜짝 놀라 되물었다. 그랬더니 정비소 담당자는 실린더가 어떻고 하면서 뭐라고 장황하게 설명하는데, 도대체 무슨 말인지 하나도 귀에 들어오지 않았다고 한다. 결국 처제는 씩씩거리며 280만 원을 할부로 결제하고 왔다는 것이다. 나는 그 이야기를 듣고 처제와 동서에게 명세서를 한번 보자고했다.

독일은 명품 자동차의 종주국이지만 놀랍게도 승용차 관리비가 우리나라보다 더 많이 들어간다. 골목마다 구형 자동차도 많고, 수동 변속기 자동차도 50% 이상이다.

"형님, 독일은 원래 그래요. 저희는 지금까지 계속 그렇게 살아왔어요."

동서가 손을 내저으며 말했다. 자동차 종주국에서 자가용 자동차

독일의 많은 차도, 인도가 전통 사고석 (사각형 화강암) 도로이다. 이 도로에서 주행해 보면 아스팔트 도로보다 훨씬 승차감이 안 좋은 것을 알 수 있다. 그런데도 왜 계속 이런 도로를 사용할까를 생각해 보면 아마도 수백 년간 이어져 온 그 산업 생태계를 끊을 수 없기 때문인 것 같다.

소유자들은 보통 봉이 아니었다.

한번은 동서가 집 창고에서 자동차 바퀴를 꺼내야 한다고 나에게 도움을 요청했다. 이야기를 들어보니, 겨울이 다가와서 겨울용 타이어로 교체하여야 한다는 것이다.

"한국은 전부 사계절용 타이어를 쓰는데, 자동차 본고장 독일은 한국보다 더 많이 사계절용 타이어를 써야 하는 것 아니야?"

자동차 소유자를 완전 봉으로 알고 있는 독일 정비소에 짜증이 난 나는 혹시나 하여 동서에게 물어봤다. 그랬더니 독일도 사계절용 타이어를 판매한다고 했다. 그런데 지정정비소에서는 차량의 안전을 위하여 겨울용 타이어 장착을 적극적으로 추천하고, 겨울용 타이어를 정비소에서 보관도 해주고, 때마다 교환도 해준다는 것이었다.

"아이고, 그게 다 돈이네, 돈."

내가 안타깝다는 듯 말하자, 동서는 보관료를 아끼려고 자기가 직접 타이어를 보관한다고 했다. 정말 독일에서 절약하려면 공유 자동차를 쓰든지, 전기자전거를 타든지, 둘 중 하나다.

큰 조카는 고등학교를 졸업하자마자 정말 신이 났다. 고등학교를 졸업해서 신난 것도 있겠지만, 사실은 자동차 운전을 할 수 있어 극도로 신이 났다. 그 나이 때는 운전만큼 신나는 것도 없을 것이다. 어쨌든 큰 조카는 엄마를 졸라 자동차운전학원에 등록했는데, 여기서 또 내가 졸도할 뻔했다.

독일에서 운전학원 교습비는 자그마치 600만 원이다. 이건 거의 자동차 운전을 하지 말라는 소리다. 거의 한국의 10배에 달하는 금액이다. 정부에서 젊은이들에게 운전을 권장한다면, 그들이 아르바이트하여 번 돈으로 어느 정도 감당할 수 있는 수준이어야 하는데, 이것은 돈 있는 부모의 도움 없이는 도저히 감당할 수 없는 금액이다. 세계 대부분의 나라에서 자동차는 생활필수품으로 여겨진다. 미국같이 큰 나라는 물론이고 한국, 중국, 일본 등 모든 나라가 그렇다. 나는 3년 전 한국을 떠나 독일로 올 때, 10년간 탔던 자동차를 500만 원에 팔았는데, 중고차 회사 담당자는 내 차 정도면 중동으로 나가 약 1,500만 원에 팔린다고 했다. 그런 나라에서는 자동차가 사치재로 분류될 수 있을 것이다. 그런데 선진국 독일에서도 자동차를 사치재로 분류하는 것 같다.

독일에는 외국인인 나로서는 자동차와 관련하여 도대체 그 정체를 알 수 없는 아주 요상한 협회가 하나 있다. 그것은 〈ADAC(Allgemeiner Deutscher Automobil Club, 독일자동차협회)〉라는 단체인데, 사실 이게 협회인지, 기업인지 모를 정도로 매년 막대한 영업이익을 내고 있다. 매년 1,000억 원이 넘는 수익을 내고, 역사도 120년이나 된 매우 오래된 협회이다. 회원 수가 자그마치 1,500만 명이나 된다. 나와 집사람도 '어!' 하는 순간, 그 협회의 회원이 되었다.

나와 아내는 독일에 와서 독일 운전면허증을 발급받아야 했는데, 독일 운전면허증은 할레시청 교통과에서 발급한다. 그런데 그렇게 하기 위해서는 사전에 독일자동차협회 회원으로 가입하고 나서 협회에 한국 면허증 반납과 면허증 교부비를 내야 했다. 그리고 한 달 정도 경과 후, 한국에서 우리 부부의 면허증 진위여부를 확인한 독일자동차협회는 할레시청 교통과에 우리에게 독일 운전면허증을 발급해도 좋다고 연락하였다. 그리고 나서 독일 운전면허증을 교부받을 수

동네 곳곳에 있는 공유 자동차 주차장. 앱으로 자동차 시간당 사용료를 지불하면 자동차 문이 자동으로 열린다. 주유할 필요도 없고, 자동차 반납은 공유 자동차 주차장 어느 곳에 해도 상관없다.

있었다.

독일자동차협회는 독일 지자체 교통과의 상전이다. 독일자동차협회의 이런 외국인 운전면허 발급은 극히 일부 업무이고, 협회의 주요 사업은 자동차정비소, 견인 서비스, 잡지, 출판, 여행사, 여행 상해보험, 구급 사업, 긴급출동 서비스, 구조 헬리콥터 사업 등이며, 자동차와 관련한 돈 되는 사업은 모두 한다고 보면 된다. 독일 땅에서는 〈ADAC〉라고 쓰여 있는 자동차를 흔히 볼 수 있고, 하늘에서는 〈ADAC〉라고 쓰여 있는 헬리콥터를 심심찮게 볼 수 있다.

독일 고속도로 대부분 구간은 100~130 km/h의 속도제한이 있다. 우리가 알고 있는 속도 무제한 아우토반은 극히 일부 구간에만 있다. 어느 나라나 안전이 우선이다.

아무리 봐도 독일자동차협회(ADAC)는 거대한 독일 자동차 산업 트러스트에서 요직을 맡았던 고위직 간부들이 퇴직 후 일할 수 있는 전관예우를 위한 협회인 듯하다. 독일 언론, 사회민주당, 녹색당에서 가끔 독일자동차협회 행정의 불투명성에 대한 비판의 목소리를 내곤하는데, 아무래도 그런 것과 연관성이 있는 것 같다.

독일의 도시를 지배하는 역사 깊은 트램

나는 독일 철도노조에 놀란 것이 두 가지가 있다. 독일의 철도가 연착을 자주 한다는 것은 세상이 다 아는 사실이다. 그것에 대해서는 굳이 이야기할 필요가 없겠다.

한번은 처제네 조카 3명 모두 신이 나 있었다. 나는 무슨 일인가 싶어 처제에게 물어보니, 독일 철도노조가 3일간 전국적 파업에 돌입하여 학교가 긴급히 임시휴교를 했다는 것이었다. 학생들이 트램을 타고 등하교를 하여야 하는데, 전국 모든 트램이 운행 중단되어 내린 조치라고 했다. 시시때때로 생각지도 못한 방학을 맞게 되는 독일 중·고등학생들은 신날 수밖에 없었다.

할레 시내에는 고풍스러운 독일 전통 건물들이 빽빽이 들어서 있

다. 도로도 넓지 않다. 좁은 도로 양방향으로는 트램 철도가 놓여있
다. 이것까지는 정말 멋진 유럽 전통 도시의 풍경이다. 트램은 공중
에 전기 케이블을 설치하여 그곳으로부터 전력을 공급받아 움직인
다. 그런데 자세히 살펴보니, 공중에 떠 있는 전기 케이블을 고정하
기 위하여 도로 양옆 모든 개인 건물에 전기 케이블용 고정 앵커를
깊숙이 박아 놓은 것이다. 케이블은 워낙 육중하여 각 건물 앵커가
받는 하중은 엄청날 것이다. 시내에 있는 모든 건물 외벽이 마치 모
기에라도 물린 듯 모두 두세 방씩 빵빵 물려 있었다.

"한국 같으면 건물주들이 건물 망가진다고 난리가 날 텐데, 대체
무슨 일이야?"

하루는 내가 다니는 헬스센터 건물에도 케이블용 앵커가 설치되어
있는 것을 보고 헬스센터 매니저에게 물어보았다.

"건물주가 건물에 박아 놓은 트램 케이블 고정 앵커 사용료를 받나
요?"

매니저는 무슨 앵커를 말하는지 몰라 나와 같이 창가로 가서 내가
알려 주었다. 그랬더니 매니저는 굉장히 신기하다는 듯 그것을 한참
바라보며 자기는 지금까지 트램 케이블이 건물에 고정돼 있는 줄도
몰랐다는 것이다.

한국에서는 조물주 위에 건물주라고 하는데, 그 무시무시한 건물
주의 모든 건물이 독일철도청 케이블에 일괄적으로 묶여 있다. 이는
마치 소인국에 간 걸리버가 작은 군함들을 모두 밧줄로 묶어 끌고 가

독일 대부분의 도시에서는 트램(노면 전차)을 운행하고 있다. 모든 도로에 트램 철로가 깔려있고, 전기공급 케이블을 지탱하기 위하여 철로 옆에 있는 모든 건물에 케이블 고정용 앵커를 심어 놓았다. 참고로 우리나라 노면 전차는 교통수단의 발달로 1968년에 운행 중지되었다.

독일 어느 도시를 가봐도 트램 (노면 전차)은 모든 교통의 중심에 있다. 트램은 이산화탄소를 배출하지 않는 큰 장점도 있어, 독일에서 절대 사라지지는 않을 것 같다.

는 형상이니, 독일에서 철도청은 거인 걸리버인지도 모르겠다.

독일은 자동차, 철도 등 유구한 역사를 지닌 세계를 대표하는 제조업이 사회 전체의 큰 틀을 차지하고 있다. 그래서 독일은 제조업을

이렇게 도로 양측에 있는 건물에 트램 (노면전차) 케이블을 고정시키는 앵커를 심어놨다.

매우 중시하다 보니 서비스업 수준은 그만큼은 되지 못한다. 이러한 상황은 노조와 강력한 연결 고리를 가지고 있는 정당이 집권할 때면 더 강하게 나타난다. 지금 집권 여당인 사회민주당이 그렇다. 이렇다 보니 독일은 소비자의 권익을 중시하는 서비스산업으로의 전환이 어렵고 자동차, 철도와 같은 거대 제조업이 전체 산업의 중심이 됨으로써 각 노동조합의 자기 분야 노동자 권익 보호 분위기가 날이 갈수록 강해지고 있다.

　교통수단의 발달로 많은 나라가 노면 전차 운행을 중단한 것은 아주 오래전 이야기다. 하지만 독일은 아직도 모든 교통수단의 중심이 노면전차, 철도에 있다. 그런 독일 철도청 노동조합의 역사를 분석해 보면, 향후 우리나라 제조업과 그 노동조합이 어떠한 방향으로 나아가야 국가 발전에 부합할지 그 정답을 찾을 수 있을 것이다.

2장

거북이와 짠돌이

2달 전에
식당예약을 하는 사람들

    독일은 한마디로 예약으로 모든 것이 이루어지는 문화이다. 보통 이것을 독일어로 '테민(Termin)'이라고 하는데 예약, 일정이라는 뜻이다.

    우리 식당에도 손님 중 약 20%는 예약으로 오는 사람들이다. 그러니 그날 예약 손님이 얼마나 있는지를 보면 매출이 어느 정도 나올지 대략 짐작이 간다. 한국에서는 식당예약을 하는 경우, 보통 2~3일 전에 한다. 그런데 독일인들은 예약을 엄청나게 빨리한다. 보통 일주일 전에 예약하고, 심지어는 2~3개월 전에 예약하는 사람도 있다. 그러면 나는 이렇게 일찍 예약하는 것을 보고, 굉장히 중요한 모임이 있나 싶어 손님에게 물어본다.

    "몇 명이 오시나요?"

그럼, 대부분 이렇게 대답한다.

"2명이요."

나는 처음에 2명 예약을 3달 전에 하는 독일인을 보고 실소를 금치 못했다. 얼마나 간절히 만나고 싶은 사람이었기에 그렇게 빨리 예약을 하나 싶었다. 하지만 독일의 예약문화 실태를 알고는 왜 독일인들이 일찌감치 예약을 잡는지 그 이유를 알게 되었다.

독일은 예약을 일찍 안 하면 자리 잡기가 정말 힘든 나라이다. 특히 병원 방문예약은 독일 예약문화의 산실이다. 한국에서 나는 가끔 한 번씩 치과에 가서 치아 스케일링을 받았다. 보통 하루 전에 예약하든지, 아니면 당일 치과에 가서 조금만 기다리면 얼마든지 스케일링할 수 있다. 그런데 독일은 사정이 좀 다르다.

한번은 독일에서 치아 검사를 받고 싶어서 처제에게 물어보았다. 그랬더니 아프지도 않고 그냥 검사만 받는 거라면 아주 오래 기다려야 한다는 것이었다. 다행히도 이곳 할레에 치과의사를 하는 나의 고등학교 후배가 있어서 나는 그 후배에게 연락하여 빨리 검사 예약을 잡을 수 있었다. 그때가 연말 12월이었는데, 후배가 최대한의 속도를 내어 신속하게 잡아준 예약일정은 다음 해 4월 3일이었다.

그러니 3개월 전에 우리 식당에 전화하여 2명 예약을 잡은 손님의 마음을 이해할 수 있었다. 독일은 병원, 관공서, 은행 등 주요 기관은 모두 예약일정을 잡아야 하는 문화가 정착되어 있다. 그런데 그 모든 예약은 언제나 많은 시간을 기다려야 한다는 결정적인 단점이 있다.

고장 난 대문
고치기

나는 할레에 있는 빌라에서 산다. 독일은 우리나라처럼 아파트가 많지 않다. 단독주택이나 빌라가 대부분이다. 우리 빌라에는 12세대가 살고 있고, 빌라로 들어오는 정문은 하나이다. 그런데 이 문은 보안을 위하여 항상 잠겨 있고, 들어오려면 반드시 열쇠로 열어야 한다.

한국에 있을 때는 모든 아파트, 사무실 문의 잠금장치는 번호 키였으나, 독일에 오니 모두 열쇠로 여는 문이다. 나도 1990년대 초 한국에서 직장에 다닐 때, 바지 허리춤에 열쇠 꾸러미를 철렁철렁 달고 다녔는데, 이곳은 완전히 30여 년 전의 한국 분위기이다. 내 동서는 정말 많은 열쇠가 꿰여져 있는 열쇠 꾸러미를 항상 들고 다닌다. 나는 그 모습이 신기하기도 하고 재밌기도 해서 물어봤다.

"그거 안 무거워?"

"안 무거워요. 독일에서는 또 이 열쇠 많은 게 부의 상징 아닙니까, 하하하."

집 열쇠, 자동차 열쇠, 자전거 열쇠, 식당 열쇠, 회사 보관함 열쇠, 창고 열쇠 등등 조선 시대도 아니고 참 별것이 다 부의 상징이구나 하는 생각이 들었다.

어쨌든 나도 독일에서 살다 보니 1990년대로 회귀한 것처럼, 두세 개의 열쇠를 호주머니에 넣고 다닌다. 그중 하나가 우리 빌라로 들어오는 정문 열쇠이다. 독일의 문들은 정말 튼튼하게 잘 만들었다. 잠금장치도 문고리 부분 하나가 있는 것이 아니라 문 상단, 중단, 하단 세 군데나 있다. 그러다 보니 문도 육중하고 크다.

우리가 사는 빌라의 정문도 노란색의 정말 큰 문이다. 그런데 이 문이 언제부터인가 잘 열리지 않는 것이었다. 열쇠를 넣고 돌려도 잘 돌아가지 않고, 몇 번을 돌려야 어떻게 이가 맞으면 그제야 그 육중한 문이 쓱 하고 열렸다. 나는 매일 식당 일을 하고 돌아올 때마다 그 큰문과 씨름을 하다 보니 슬슬 짜증이 나기 시작했다.

"아니, 이곳에 12가구나 사는데, 왜 아무도 관리회사에 이 상황을 말하지 않지? 나보다 독일말도 잘하면서 말이야."

나는 꾹 참으며 그렇게 한 달을 보냈다. 한 달이 지나니 그것은 이제 문이 아니라 예수님 무덤을 막아놓은 바윗덩어리였다. 나는 신경질이 나서 내가 직접 관리회사에 전화를 하기로 마음먹었다.

나는 파파고, 구글 번역기를 통하여 할 말을 미리 준비한 후, 다음

우리 집을 포함하여 모두 12가구가 사는 독일 빌라 정문. 저 육중한 대문이 고장이나 문이 열리지 않았는데도, 독일인들은 관리실에 누구도 민원을 내지 않고 모두 끙끙거리며 대문을 어렵게 열고 있었다.

날 관리 사무실로 전화를 했다. 그리고 고장 난 대문에 대해 자세히 설명해 줬다. 그랬더니 그쪽에서 내가 알아들을 수 없는 말을 했지만, 어쨌든 그다음 날 관리회사 직원들이 당장 달려와서 문을 정상대로 고쳐 놓았다.

결국 빌라 정문 고장에 목말라 우물을 판 사람은 한국인인 나였다.

같이 사는 독일인 11세대는 그 상황을 한 달 넘게 잘 참고 있었다. 정말 꽤 진득한 독일인들이 아닐 수 없다.

주문한 음식이
안 나오면

우리 식당의 주방은 3명이 일을 하는데, 홀은 나 혼자서 다 커버한다. 그러다 보니 바쁠 때는 정말 눈코 뜰 새 없이 바쁘다. 우리 식당의 테이블은 총 9개인데, 이 테이블이 꽉 차면 주문받으랴, 계산하랴, 음료수 만들어 주랴 등 할 일이 태산같이 쏟아진다.

어느 날 저녁, 이날도 9개 테이블이 꽉 차서 동분서주하며 뛰어다녔다. 어느 정도 홀이 정리되고 나서 카운터에 앉아 홀을 바라보며 한숨을 돌리고 있었다. 모두 맛있게 음식을 먹고 있는 모습에 흐뭇해하고 있었는데, 그때 비빔밥 두 그릇을 시킨 어느 부부의 테이블이 눈에 들어왔다.

"저분들 비빔밥 소스도 없이 먹고 있었네."

우리 식당에서 비빔밥을 시키면 나는 그 테이블로 카운터 옆에 놓아둔 간장 소스통과 고추장 소스통을 갖다준다. 비빔밥은 당연히 고추장 소스를 넣어 먹어야 하기 때문이다. 독일인들은 비빔밥에 간장 소스를 넣는 것도 좋아하여 간장도 같이 갖다준다. 그런데 내가 하도 바빠 그 두 사람에게 소스를 갖다준다는 것을 깜빡 잊어버린 것이었다.

"여기요! 비빔밥 소스 안 갖다줬는데요!"

한국 같았으면 벌써 큰 소리로 이렇게 외쳤을 것이다. 그런데 그 두 독일인은 소스도 안 뿌린 아무 맛도 없는 비빔밥을 말없이 젓가락으로 천천히 먹고 있었다.

나는 부리나케 소스를 들고 그곳으로 달려갔다.

"아휴, 소스 달라고 말씀하시지! 제가 깜빡했네요. 죄송합니다."

그들은 괜찮다며 그제야 고추장을 뿌려서 먹기 시작했다.

이 모습이 독일인들의 특이한 점이다. 이들은 음식을 주문하고 한참 동안 나오지 않더라도 절대로 음식이 안 나왔다고 말하지 않는다. 주인이 갖다줄 때까지 주야장창 기다린다. 그리고 음식을 다 먹고 카운터로 계산하러 올 때, 그제야 이렇게 말하는 것이다.

"아까 그 음식 안 나왔는데요."

그럼 내가 놀라서 되묻는다.

"그래요? 그럼 아까 달라고 하시지요?"

난 이럴 때마다 어이가 없어 이렇게 반문한다. 이것이 참으로 이들의 장점인지, 단점인지 분간이 안 간다.

손님이 많을 때, 주방이 바빠 가끔 주문한 음식을 빼먹을 때가 있다. 독일인들은 주문한 음식이 안 나오면 그냥 가만히 있는다. 그리고 나중에 계산할 때, 음식이 안 나왔다고 말한다.

　독일에서 일하는 한국인 직장인들이나 공부하는 한국 유학생들은 비자가 만료되어 다시 비자를 연장하여야 할 때가 한 번쯤은 온다. 처음 비자를 연장해 본 한국인은 비자 관청의 업무속도에 속이 터진다. 한 달, 두 달이 지나도 아무런 연락이 없는 것이 보통이기 때문이다. 하지만 비자 연장을 한 번쯤 해본 경험이 있는 한국인은 비자를 신청해 놓고 절대로 발급 날짜를 기다리지 않는다. 그냥 잊어버린다. 잊어버리면 언젠가는 나오기 때문이다.

독일인들은 주면 주는 대로 묵묵히 받는 성향이 있다. 절대 항변이나 어필하지 않는다. 안 주면 '무슨 사정이 있겠지.' 늦게 주면 '지금 하고 있겠지.' 이렇게 생각한다. 이런 것들이 정말 속전속결 한국인과는 많이 다른 행동이다.

사우나실 보수,
성탄절까지 기다린 1년

 내가 독일에 와서 잘한 일 중의 하나는 거의 하루도 안 빠지고 체육관을 다닌다는 것이다. 식당 일을 하다 보면 쉽게 지칠 텐데, 그래도 체육관에서 매일 근력운동을 하다 보니 특별히 아프지 않고 잘 극복할 수 있었다.

 그래서 나의 일과는 체육관에서 운동하는 것으로 시작한다. 독일인들은 운동을 아주 좋아한다. 그래서 할레 이곳저곳에 체육관이 매우 많고 시설도 잘되어 있다. 내가 다니는 체육관에는 사우나 시설이 되어 있다. 운동하기 싫은 날은 사우나를 하는데, 사우나를 하고 나면 운동을 한 만큼 상쾌한 기분이 든다. 독일은 한국처럼 탕에 몸을 담가 심신의 피로를 푸는 대중목욕탕이 없고, 집에서 뜨거운 물을 욕조에 받아 목욕하기에는 급탕비가 너무 비싸 독일에서 탕 목욕은 엄두도 못 낸다. 그래서 사우나를 할 수 있는 것만 해도 큰 행운이다.

　그런데 2022년 12월 어느 날, 사우나실 앞에 안내문이 하나 붙어 있었다.

고객 여러분,
사우나 보수공사를 위하여 사우나실 문을 닫습니다.
크리스마스 이전에는
다시 깨끗한 사우나실을 사용하실 수 있을 겁니다.

　나는 그 안내문을 읽고는 '일주일 정도 사우나실을 닫는군.' 하고 중얼거리며 대수롭지 않게 생각했다. 그런데 그 공사는 정확히 다음 해 2023년 크리스마스 직전에 끝났다. 일주일이 아니라 장장 1년이 걸린 공사였다.

　공사를 한다는 안내문이 붙고 나서, 2022년 크리스마스가 끝나고 며칠이 지났는데도 사우나실은 문을 열지 않았다. 카운터에 가서 언제 공사가 끝나느냐고 물어봐도 직원들은 잘 모르겠다는 대답뿐이었다. 그렇게 한 달, 두 달이 흘러갔다. 사우나실 공사를 맡은 회사는 사우나실 문을 잠가 놓고 공사를 했는데, 가끔 한 번씩 문이 열려 있었다. 나는 그럴 때마다 그 틈을 이용하여 공사 상황을 살펴보곤 하였다. 그때마다 나는 놀라지 않을 수가 없었다. 공사 진행 속도가 느려도 너무 느렸기 때문이다.

나는 사우나 보수공사 안내문을 읽고 공사가 며칠 내로 끝나는 줄 알았는데, 장장 1년이나 걸린 공사였다.

"아니 이러면서 왜 크리스마스 전에 완공한다고 써놨어? 늦더라도 정확히 언제까지라고 공기를 적어 놓아야 하는 것 아니야?"

그렇게 5개월을 기다린 나는 명확하지도 않고, 느려터진 체육관의 처신에 너무 화가 났다. 그런데 그 많은 회원들 가운데 이런 상황에 대해 항의하는 사람은 나 이외에 어떤 씩씩한 독일 할머니 말고는 아무도 없었다. 도대체 독일인들은 이런 상황을 어떻게 그렇게도 꾹 참고 넘기는지 도무지 이해가 안 갔다. 정말 우리 식당에서 주문한 음식이 나오지 않더라도 끝까지 아무 말 없이 묵묵히 앉아 있는 것과 다를 바 없었다.

나는 안 되겠다 싶어 내 나름대로 조치를 취했다. 그것은 구글 지도에 나와 있는 체육관 사이트에 내가 작성한 리뷰를 올리는 것이었다. 나는 현재 상황과 그러면서도 체육관 사용료를 다 받는 것은 문제가 있다는 글을 써서 올렸다.

그랬더니 그다음 날, 체육관 본부에서 나에게 득달같이 연락이 왔다. 이때는 결코 느린 독일인이 아니었다. 그들은 빨리 내가 쓴 리뷰를 내려달라고 요청했고, 나는 내릴 테니 대신 매달 사용료 중 사우나 사용료는 제할 것을 요청했다. 체육관 측은 즉시 내 의견을 수용하기로 하고 모든 회원의 매달 체육관비에서 사우나실 사용료를 감면해 주기로 했다. 게다가 나와 같이 체육관을 다니던 아내의 체육관비를 아예 5개월간 한 푼도 받지 않았다. 왜 그때 체육관 측이 아내의 체육관비를 무료로 해주었는지는 알 수가 없었다.

나는 사우나실 공사를 할 때, 공사가 얼마나 진행되고 있는지 궁금하여 매일 아침 체육관을 가면 사우나실 문이 열려 있는 경우, 들어가서 공사 현황을 살펴보았다. 나는 언제나 아침 일찍 체육관에 가기 때문에 아무도 없는 현장을 자세히 살펴볼 수 있었다.

그런데 나는 거기서 매우 의미심장한 점을 발견했다. 사우나실 안에는 큰 샤워실이 있는데, 그 샤워실 공사만 약 5개월 정도 걸린 것이다. 나는 한국에 있을 때, 발전소 건설을 하면서 토목건축 부장으로 건설현장에서 여러 가지 시공상황을 점검하곤 했는데, 한번은 샤워실 공사 진행 과정을 확인한 적이 있었다. 한국에서 샤워실 공사 정도는 아무리 길어도 1개월이면 충분했다. 그런데 독일에서는 5개월이나 걸렸다. 나는 그 현장에서 이유를 발견하게 되었다. 독일 샤워실은 한국에는 없는 공정이 몇 가지가 더 들어가 있었다. 벽체 단열처리 같은 것이 그런 것이다.

'샤워실 같은 곳에 무슨 단열이 필요하지? 그냥 배수 잘되고, 방수만 잘되면 되지!'

나는 이렇게 생각했다. 한국은 필요 없는 공정은 다 생략하고 공기 맞추는 데 총력을 기울인다. 하지만 독일은 과하다 할 정도로 많은 공정을 꼼꼼하게 시공했고, 공사 기간은 아예 신경을 쓰지 않는 것 같았다. 거북이도 이런 거북이가 없었다. 이것을 통해 내가 내린 결론은, 한국은 빨리 만드는 것을 중요하게 여기지만, 독일은 정확히 만드는 것을 중요하게 여긴다는 것이었다.

중국 속담에 이런 말이 있다. "马行处牛亦去(마항추뉴이취)" 말이 가는 곳은 소도 갈 수 있다는 뜻이다. 다만 속도만 다를 뿐이지, 한 발 한 발 가다 보면 이루고자 하는 자들은 모두 목적지에 도달한다는 것이다. 독일인들이 황소걸음으로 한 발 한 발 정확히 하는 것은 좋은데, 거기다 조금만 속도를 낸다면 금상첨화가 아닐까 싶다.

비빔밥을 먹는
엄청난 속도

한번은 아침에 가게 문을 연 지 얼마 되지 않은 11시에 여자 손님이 혼자 불쑥 들어왔다. 보통 12시가 넘어야 손님이 들어오기 시작하는데, 이 손님은 브런치를 먹을 생각이었는지 다른 손님보다 1시간 더 일찍 들어온 것이다. 그 독일 여자는 채식주의자였다. 계란 프라이도 넣지 않은 야채비빔밥을 유자차와 함께 먹었다. 그런데 그녀는 손님이 몰려오는 12시까지도 계속 그 비빔밥을 먹고 있었다. 대단한 속도였다. 독일인은 식사할 때 상당히 느긋하다. 비빔밥은 모두 젓가락으로 먹는다. 한국인처럼 숟가락으로 먹는 사람은 없고, 가끔 포크로 먹는 사람은 있다. 그러니 밥을 먹는 속도가 날 리가 만무하다. 라면도 마찬가지다. 만일 어떤 독일인이 우리나라 사람처럼 면발을 한 젓가락에 덥석 잡아 한 그릇을 두세 젓가락에 후루룩 해치운다면 아마 그 지역 신문에 '별난 사람'으로 소개되고도 남을 일이다.

독일인의 행동이 느리다는 것은 밥을 먹는 속도 이외에 생활 곳곳에서 발견할 수 있다.

이것도 처제네 자동차에 관련된 일이다. 한번은 처제네 자동차 계기판에 경고등이 켜져서 동서는 차를 몰고 지정 자동차정비소로 갔다. 물론 독일 습관대로 사전에 예약(Termin)을 하고 자동차를 수리하러 갔다. 그 차는 그래도 독일에서 좋다고 하는 B사에서 생산한 자동차인데, B사 지정정비소는 할레시 중심에서 상당히 멀리 떨어진 시 외곽에 자리 잡고 있었다. 보통 정비소에 차를 맡긴 운전자가 볼일을 보고 오면 그때까지 검사와 정비를 다 해놓는다. 그리고 정비소에서는 볼일을 보고 온 손님에게 트램 요금을 무상으로 지급한다. 그날 동서는 오후에 차를 운전하여 회사에 가야 했기에 아침 8시에 정비소를 찾았다.

"차 검사 끝날 때까지 여기서 기다려도 되나요?"

"네."

"이따 오후 2시 전에는 차를 가지고 가야 하는데, 그때까진 되겠죠?"

"네. 기다리세요."

정비소 직원의 말에 동서는 한국처럼 고객 대기실이 있는 것도 아닌, 정비소의 이쪽저쪽을 왔다갔다하면서 수리가 끝나기를 기다렸다. 동서는 서성거린 지 9시간 만인 그날 저녁 5시 퇴근 무렵에야 차

같이 온 일행 3명은 이미 식사를 마쳐서 그릇을 치웠는데, 젓가락으로 비빔밥을 먹던 손님은 무려 1시간이 넘게 비빔밥을 먹었다.

를 찾을 수 있었다. 동서는 온종일 기다린다고 지칠 대로 지쳐, 회사고 뭐고 다 집어치우고 녹초가 되어 집으로 돌아왔다. 나는 그 이야기를 듣고 혀를 찼다.

"아니, 그럼 몇 시까지 끝날 것이라고 예상시간을 이야기해 주든가?"

"에휴, 독일은 그런 것 없어요. 고쳐주는 쪽에서 고쳐줄 때까지 가만히 기다려야 해요."

나는 독일인들이 너무 잘 참아서 이런 일이 벌어진 것으로 생각한다. 소비자가 아무런 어필이나 민원을 제기하지 않으니, 정비소는 더더욱 갑의 입장을 고수하는 것이고, 자동차 수리도 절대로 시간에 쫓겨서 할 필요가 없는 것이다.

분명히 동서는 아침에 2시까지 회사에 간다고 이야기했으니, 정비소에서는 그 시간을 맞추어 주든지, 아니면 "자동차 수리가 더 늦어질 것 같으니, 오늘은 일찍 귀가하시고 내일 찾으러 오세요."라고 통보하든지, 어떻게든 고객에게 피해가 안 가게끔 조치해야 했다.

독일인들은 이런 상황에서도 "왜 수리가 늦어지나요? 좀 빨리해 주시겠습니까?" 이렇게 정비소에 자기 의사를 전달하는 성격이 못된다. 한국인은 너무 민원을 많이 제기하여 큰일이지만, 독일인은 민원을 너무 안내 큰일이다. 독일에서 차를 고치러 가면 한국에서 걸리는 시간의 족히 3~4배는 걸린다고 보면 딱 들어맞는다.

3년 전 나와 아내가 처음 독일에 와서 취업비자를 받을 때, 많은 시간이 걸렸다. 한국에서 필요한 서류를 완벽하게 준비하고 왔는데도 불구하고 대략 6개월이란 기간이 소요되었는데, 이것도 나중에 비자전문 변호사에게 의뢰했었기에 망정이지, 안 그랬으면 1년이 넘게 걸릴 수도 있었다.

나는 독일 취업비자를 발급받고 그제야 안도의 한숨을 내쉬며 '왜 독일 비자발급 업무 처리가 이토록 늦을까?'에 대하여 나름대로 알아

보았다. 그 결과, 문제점은 하나였다. 그것은 근본적으로 외국인 비자신청 건수에 비해 할레 이민국 외국인 비자관리사무소에서 근무하는 담당 공무원의 수와 그들의 근무 시간이 너무 짧아서 발생하는 현상이었다. 한번은 할레 외국인비자관리사무소 웹사이트에서 그들의 일주일 근무 시간을 확인해 보았다.

월요일: 오전 9시 ~ 오전12시
화요일: 오전 9시 ~ 오후 6시
수요일: 휴무
목요일: 오전 9시 ~ 오후 3시
금요일: 휴무
상기 근무 시간 면담은 반드시 사전예약(Termin)을 해야 함.

위와 같이 비자 담당 공무원의 일주일 근무 시간이 총 18시간밖에 되지 않았다. 물론 공개되지 않은 시간 외 근무도 할 수 있겠지만, 어쨌든 공개적으로 명시된 근무 시간은 그랬다. 그러니 몇 명 안 되는 담당자가 수많은 난민, 유학생, 취업자 등 비자신청 건수를 처리하려면 엄청난 시간이 필요할 것이다.

처음 내가 독일에 왔을 때, 어떤 중동인은 자기 아내의 비자를 취득하는 데 4년이 걸렸다고 했다. 거기에 비한다면 우리 부부의 비자는 초고속으로 처리된 셈이다. 독일은 10여 년 전 유럽으로 몰려든 시리아 난민 절반 이상인 122만 명을 받아들인 통 큰 나라이다. 하지만 이

독일인은 한국 비빔밥을 엄청나게 좋아한다. 독일에는 채식주의자가 많아서 더더욱 그렇다. 우리 한국식당에서 만든 독일인이 좋아하는 불고기 비빔밥

러한 외국인이 독일에 정착하도록 비자발급을 도와주는 행정인력은 턱없이 부족하다. 이러한 행정인력들은 아마도 '기왕 신청자들이 밀렸는데 일이라도 꼼꼼하게 하자.'라는 각오로 일을 하는 것 같다.

탱크 하면 역시 독일제 탱크다. 내가 어렸을 때, 플라스틱 모델 조립품 만드는 게 유행이었는데, 그때 어린이들이 가장 만들고 싶어 했던 것이 2차 세계대전 당시 위용을 자랑한 독일 전차군단의 〈티거(Tiger)〉 탱크일 정도였다. 이렇게 탱크에 대한 자부심을 가진 독일이 얼마 전 폴란드 탱크 판매 입찰에서 한국에 밀렸던 데에는 몇 가지 이유가 있겠지만, 가장 큰 이유는 바로 납기문제였다.

독일의 세계적인 레오파드 탱크는 납품기한으로 5년을 제시했다.

그런데 한국 K2 탱크는 단 9개월에 납품하겠다고 했다. 결국 한국은 독일을 제치고 폴란드와 탱크 판매 계약을 맺었다. 한국은 4개월 만에 초도물량을 납품하고, 두 번째 물량은 계약 납기기간을 6개월이나 앞당겨 납품했다. 이렇게 한국이 빨리 납품할 수 있었던 원인은 우리나라 업체의 '빨리 제작할 수 있는 업무 중심의 인력 배치', '필요 없는 행정절차 제거' 등의 납기를 줄이기 위한 노력이 있었기 때문이다.

내가 중국에서 파견 근무를 할 때의 일이다. 기간 내에 발전소를 완공해야 했기에, '공기 엄수'를 염두에 두고 있던 나는 건설 기간 내내 항상 마음이 조마조마했다. 아침 회의 때마다 중국인 직원들에게 각자 그날 해야 할 업무 지시를 내렸다. 그리고 회의가 끝날 때마다 그들에게 힘내라고 독려했다.

"자, 다들 오늘도 파이팅합시다!"

그러면 중국인 직원들은 자리에서 일어나 매일 서두르는 한국인인 나에게 핀잔이라도 주는 듯 웃으면서 소리쳤다.

"빨리빨리! 빨리빨리!"

만만디 중국인의 입장에서 봤을 때, 내가 얼마나 서둘렀으면 그런 반응을 보였는지 이해가 갔다.

무슨 일을 할 때 빨리 하고, 천천히 하고는 나라마다 각자 타고난 국민성이 있으므로, 결코 어느 나라가 맞고 어느 나라가 틀린다고 말할 수는 없다. 한국인의 부지런히 서두르는 성격 때문에 폴란드에서 탱크 판매 수주를 따낼 수 있었다. 하지만 독일인은 그렇게 조급해하지 않는다. 대신 하는 일은 매사 꽤 꼼꼼하다.

뜨거운 물과
전기

한번은 체육관에서의 일이다. 그때가 우크라이나 전쟁이 발발하고 몇 달 후였는데, 독일은 러시아로부터 천연가스 수급 부족으로 전국적으로 전기료가 인상되기 시작하였다. 나는 운동으로 땀에 젖은 몸을 샤워한 후, 머리를 드라이기로 말렸다. 머리를 말린 후 발가락 틈새도 말렸다. 발가락을 말리지 않으면 남은 물기 때문에 무좀에 걸릴 수 있기 때문이다. 그런데 그때 어느 독일 젊은이가 나에게 다가오더니 무어라고 쏘아붙였다. 나는 흠칫 놀라 그를 바라보았다.

"비 비테?(왜 그러시죠?)"

뿔난 목소리에 말이 너무 빨라 당최 무슨 말인지 하나도 알아들을 수가 없었다. 그랬더니 그 사람은 불만 섞인 투로 천천히 나에게 다시 이야기하였다.

"우크라이나 전쟁으로 전기가 모자라니 아껴 써야 합니다. 드라이기 쓰지 마세요. 발가락은 더더욱 말리지 마세요."

발가락을 말리지 말라고? 그럼, 무좀 걸리면 어떡하라고? 그 젊은이만 나에게 핀잔을 줬으면 나는 그런 말을 무시하고 계속 발가락을 말리려 했으나, 그때 체육관 탈의실에 있던 모든 사람이 우리를 예의주시하고 있었다.

"알았어요."

나는 수많은 눈길을 의식하고 드라이를 그만하고 걸어 놓았다. 그날 이후 나는 샤워를 하고 드라이기를 사용하기 전, 혹시 그 친구가 있는지 먼저 주변을 살펴본 후 사용하였다.

그런데 신기하게도 그날 이후 체육관에서 드라이기를 사용하는 사람은 나와 다른 동양인 말고는 아무도 없었다. 가끔 독일인 할아버지 한 분 정도만 사용하였다. 독일인들은 무엇인가 절약하는 데에는 남다른 실천력을 가지고 있다. 게다가 그날 체육관에서는 누군가 나를 앞에 두고 공개적으로 "전기를 아껴 씁시다!"라고 했으니, 독일인들의 입장에서는 더더욱 전기를 아껴 쓸 수밖에 없었을 것이다.

나는 체육관에서 운동을 한 후 반드시 샤워를 하는데, 샤워를 할 때 독일인들과 나 사이에는 차이점이 있다. 나는 한국에서처럼 샤워 볼에 보디샴푸를 묻혀 거품을 많이 낸 후, 온몸을 천천히 골고루 닦는다. 그런데 이렇게 씻는 사람은 오직 나밖에 없다. 여탕은 모르겠지만, 남자 샤워실에서는 오직 나밖에 없다. 독일인들은 손바닥에 보디

독일도 발전소에서 대량의 전기와 지역난방을 생산하지만, 기본적으로 국민들이 전기와 난방을 헤프게 쓰지 않는다. 사진은 할레 · 라이프치히 발전소에서 전력을 생산할 때 발생하는 수증기.

샴푸를 바른 후, 그것으로 몸을 대충 쓱쓱 문지르고 샤워 물을 잠깐 뒤집어쓰고 나간다. 정말 순식간에 끝내는 샤워다.

'저렇게 씻으면 땀이 그대로 남아 피부에 땀띠가 나고, 냄새도 많이 날 텐데.'

나는 독일인들의 샤워하는 모습을 보고 안타까운 마음에 혀를 찼지만, 샤워를 하는 둥 마는 둥 1, 2분 만에 후딱 끝낸 그들은 탈의실로 가서 몸에 무슨 스프레이를 잔뜩 뿌린다. 나중에 알아봤더니, 그건 몸에서 나는 냄새를 덜 나게 해주는 방향제의 일종이었다. 나중에 마트나 백화점에 가보니 화장품 코너에 그런 보디 방향제들이 다양하게 진열되어 있었다.

"아이고, 저런 것 뿌리지 말고 그냥 비누로 잘 씻지."

나는 독일인들이 어떻게 해서 이런 습관을 가지게 되었나를 생각해 보았다. 이게 다 그 절약 정신 때문이란 생각이 들었다. 몸을 깨끗하게 씻어 내기에는 물을 너무 많이 쓰기 때문에 그냥 저런 방향제를 뿌리는 것이었다. 체육관 샤워실에서 나처럼 샤워 볼로 온몸을 박박 문지르는 사람은 오직 나 하나밖에 없었고, 몸에 비누 거품이 많으니 물도 내가 제일 많이 쓴다. 나의 동서는 직장 퇴근 후 밤에 또 다른 체육관에서 운동을 하는데, 그 체육관은 뜨거운 물이 아주 잘 나온다고 했다.

나의 동서도 물론 한국인이다. 늦은 시간에 체육관에 가면 샤워를 하는 독일인은 아무도 없어, 오로지 동서 혼자서 거의 탕 목욕하듯 뜨거운 물로 온몸을 지질 수 있다고 한다. 참으로 부러운 일이다. 독일인은 타인의 눈치도 보거니와 기본적으로 물도 엄청 아끼기 때문에 한국인과 같은 그런 샤워는 절대 하지 않는다.

독일은 우크라이나 전쟁 중 노스트스트림 천연가스 공급 파이프라인이 폭파되어 러시아로부터의 에너지 공급이 모두 차단되었다. 그후 독일정부는 부랴부랴 공급 선을 미국을 위시한 다른 나라로 바꾸었고, 이런 영향으로 국민들의 전기요금도 6배나 올랐다. 나도 전기료 고지서를 받아 보고 깜짝 놀랐다. 그래도 독일인들에게는 비할 바가 못 되었다. 나야 독일에 산 지 얼마 안 되어 비교해 볼 과거 자료가 없어, 전기료 인상이 별로 피부에 와닿지 않았다. 그런데 독일인들은 평생 싼 전기료만 내다가 이런 고지서는 처음 받아봤기에, 모두 졸도 직전까지 갔다. 쌀 때도 전기절약이 몸에 밴 독일인들인데, 이런 상황이 도래하자 이들은 아예 불도 안 켜고 살았다.

나는 아내와 같이 식당에서 일을 끝내고 집으로 돌아오면 밤 9시 정도 된다. 독일은 〈호프(Hof)〉라고 하여 큰 빌라(다가구 주택)에 뒤뜰을 많이 만들어 놓는다. 우리 집도 정문을 열고 들어가면 뒤뜰이 나오는데, 거기서 보면 3층으로 된 건물 앞쪽, 옆쪽으로 총 여섯 가구가 보인다. 그런데 내가 독일에 와서 지금껏 일을 마치고 집에 돌아와 뒤뜰에 들어서서 보면 그 밤에 불 켜진 집이 단 한 집도 없었다.

"헐, 다들 자나?"

저녁 8시 30분밖에 안 되었는데 불 켜진 집이 없다는 것이 참 이상했다. 나는 한국에 살 때 집이 군포시였고, 우리 아파트에서 내다보

우리 집에서 바라본 동네 풍경. 겨울 저녁 7시 경인데도 불을 밝힌 집은 한두 군데밖에 없다.

면 건너편 아파트단지가 보이는데, 30층 넘는 모든 아파트 동의 불들이 거의 다 켜져 있어 휘황찬란한 게 참 멋져 보였다.

그런데 이곳은 마치 우리나라가 1970년대에 북한 남침에 대비하여서 한 달에 한 번 실시했던 등화관제 훈련을 하는 분위기이다. 등화관제 훈련이란 전시에 적으로부터 야간 폭격을 안 받기 위한 훈련으로, 모든 가정이 전등을 끄고, 외부로 불빛이 새어 나가지 않게 촛불하나만 켜고 온 가족이 그 옆에 옹기종기 모여 앉아 있는 훈련을 말한다. 어쨌든 독일인들은 날마다 등화관제다. 독일인들의 급탕과 전기절약은 상상을 초월한다.

양초의
사용 용도

내가 독일에 와서 깜짝 놀란 게 하나 있다. 그것은 백화점, 쇼핑센터 등 모든 상점에서 그렇게 양초를 많이 판다는 것이다. 〈양키캔들〉 등 유명한 향초는 한국에서도 애호가들 덕분에 상당히 많이 팔리지만, 독일에서 판매하는 양초는 그런 종류의 초가 아니다. 개당 1,500원, 3,000원 정도 하는 정말 집에서 전기조명 대용으로 사용하는 초를 말한다. 1970년대 내가 초등학교에 다니던 시절, 그 당시 서울은 정말 정전이 잦았다. 밤에 가족끼리 모여 TV를 재미나게 한참 보고 있을 때, 갑자기 전기가 나가곤 했다.

"아, 또 정전이야!"

온 가족이 아쉬운 탄성을 질렀다. 그때 서울은 동네를 돌아가며 수시로 정전이 됐는데, 그럴 때마다 각 가정에는 평소 상비약처럼 준비해 놓았던 초를 켰다. 가난한 우리나라였기 때문에 국민들에게 공급해야 할 전력량이 모자라 어쩔 수 없이 발생하는 문제였다.

1970년대의 독일은 당연히 한국보다 훨씬 잘 살았고, 50여 년이 지난 지금도 여전히 잘 사는 국가임에도 불구하고 이들은 아직도 초를 켜고 산다. 내가 사는 빌라에도 우리 집 빼고 다섯 집 모두 전기조명은 다 끄고 대신 초를 켜고 있는 것 같았다.

내가 다니는 독일 한인교회에 어느 아주머니 한 분이 있다. 이분은 음악을 전공하시는데, 일찍이 독일에 와서 독일인과 결혼을 했다. 그런데 이 아주머니는 결혼하자마자 이혼할 뻔했다. 그 이유는 초 때문이었다. 남편을 사귈 때는 몰랐는데, 결혼을 하고 나니 이 남자가 집에서 도대체 전기조명은 단 하나도 안 켜고 어디서 사 왔는지 죄다 양초만 잔뜩 켜놓는 것이었다.

"이게 다 뭐예요? 답답해서 죽겠으니까 당장 불 켜요!"

독일인 남편은 전기도 아끼고, 운치도 있고, 어렸을 때부터 부모님과 그렇게 살아와서 조명을 끄고 초를 켜는 게 너무 좋다는 것이었다.

"그렇게 좋으면 초랑 사세요, 난 나갈 테니까."

결국 그 남편은 한국인 부인을 못 이겨 지금까지 한국인처럼 방마다 밝은 조명을 환하게 밝히고 잘살고 있다. 물론 독일인으로서 전기료를 아끼지 못해 몹시 배가 아프겠지만 말이다.

내가 아는 독일인 중에 보르만이라는 사람이 있는데, 한번은 나는

독일인들은 정말 양초를 많이 사용한다. 독일인이 다 된 처제 덕분에 우리 부부도 처음에 양초를 열댓 개 사서 집에 갖다 놓았다. 이것으로 조명도 켜고, 난방도 한다니 정말 대단한 용도의 양초이다. 그런데 우리 부부는 집에서 전기불, 난방을 잘 켜다 보니 초를 사다 놓고 단 한 번도 써본 적이 없다.

그 사람 집에 놀러 갔다. 그 집에도 어김없이 양초가 많았다. 그런데 보르만은 한술 더 떴다. 양초로 난방까지 한다는 것이었다. 그 집 거실에는 유난히 나무 인형 장난감이 많았다.

"웬 인형 장난감이 이렇게 많아요?"

내가 물었더니, 보르만은 그게 장난감이 아니라 난방기구라고 말했다. 그리고 그 원리를 설명해 주었다. 인형들 위에는 회전목마와 같이 수평으로 빙글빙글 돌아가는 풍차가 달렸는데, 인형 머리에 양

크리스마스 특설 시장에서도 가장 인기 있는 상품은 양초이다.

초를 꼽고 불을 켜면 그 위의 풍차가 양초에서 나오는 열기로 빙글빙글 돌아가는 원리라는 것이었다.

"풍차가 돌아가고 있으면 현재 양초 난방을 하고 있다는 소리지요. 그리고 저 풍차가 돌면서 선풍기처럼 더운 열기를 골고루 퍼지게 하여 방 전체가 따뜻해지는 원리입니다. 대단한 난방장치죠?"

저렇게 해서 어느 세월에 그 넓은 거실을 다 따뜻하게 할지 알 순 없었지만, 초 하나로 전기료는 물론이고 난방비까지 아끼자는 심산이니 정말 대단한 사람이었다.

내가 독일에 와서 얻은 집 부엌에는 취사용 배기 덕트가 없다. 물론 최근에 건축한 현대식 아파트나 빌라에는 배기 덕트가 많이 설치되어 있지만, 오래된 독일 집에는 거의 취사용 배기 덕트가 없다. 나는 '부엌에 덕트가 없으면 집안에 냄새도 많이 날 텐데, 왜 그렇게 만들었을까?' 하고 생각해 봤다.

역시 이것도 에너지 절약을 위해 그렇게 만든 것 같았다. 부엌에서 요리하다 보면 열기가 많이 나는데, 이것을 배기 팬으로 다 뽑아 버리기에는 그 열기가 너무 아까와 이것을 난방열로 이용하려고 그렇게 취사용 배기 덕트를 설치하지 않는 것 같았다.

내가 중국에서 근무할 때, 우리 회사 운전기사 〈구창〉이라는 친구 집에 놀러 간 적이 있었다. 그의 집은 우리 회사가 있던 하북성 진황도에서 좀 떨어진 시골에 있었다. 구창 집에 도착하니, 그 집 대문이 얼마나 큰지 내가 졸업한 대학교 정문만 한 크기였다.

"와! 엄청 큰 집이네."

이렇게 탄성을 지르며 대문을 열고 집안으로 들어서니, 중국의 전형적인 작은 시골집 〈평방(平房)〉이 나타났다. 엄청난 크기의 대문과 소박한 시골집이 극과 극의 대조를 이루고 있었다. 평방은 단층집에 농기계를 보관하는 창고, 곡식 창고, 방, 이렇게 공간 3개가 연달아 붙어 있는 전형적인 중국의 시골집이다.

구창은 방에서 우리 일행에게 음식을 대접하였는데, 그 방에는 특이하게도 한국식 온돌이 깔려있었다. 우리는 따듯한 방바닥에 앉아 양반다리를 하고 밥을 먹었다. 그리고 그 방은 부엌과 같이 붙어 있었다. 부엌 아궁이에 불을 때면 그 열기로 밥도 하고, 방바닥 밑으로도 연결이 되어 있어 아랫목도 뜨끈뜨끈하게 만들었다. 취사 열기로 난방까지 하는 조상들의 지혜가 담긴 시골집이었다. 그런 구조가 중국에만 있는 줄 알았는데, 독일에 와보니 독일 부엌에서도 취사할 때 발생하는 열을 버리지 않고 아껴서 난방에도 사용하는 구조가 내 눈에 띈 것이다.

재활용 신드롬과
중고품 왕국

독일은 재활용, 중고제품의 천국이다. 독일에는 남이 썼던 중고품만 전문적으로 파는 상점들이 정말 많다. 내가 사는 할레시만 하더라도 Flodders, Resales Halle City, JUHU second hand 등 많은 상점이 중고품만 전문적으로 다루고 있고, 신상품 판매만큼 장사가 잘된다. 독일인들은 남이 쓰던 물건을 다시 쓰거나, 남이 입던 옷을 다시 입는 것에 대한 거부감이 없다. 여기에 비하면 우리 한국인은 정말 신상품만 좋아한다. 아무리 깨끗하게 세탁한다 할지라도 남이 입던 옷을 입기는 쉽지 않다.

내가 독일에 와서 놀란 것 중 하나는 못쓰게 된 물건을 집 앞에 내다 놓으면 필요한 사람이면 아무나 주워 간다는 것이다. 한국 같으면 동네 마트에서 폐기물 스티커를 구매하여 버리는 물건에 반드시 부착하고 버려야 한다. 그러나 독일에서는 그런 것이 전혀 필요 없다. 그냥 집 앞에 내다 놓으면 아무나 집어 간다.

"이것 참 괜찮은 풍습이네."

이렇게 생각한 나도 어느 날, 조명은 들어오는데 어쩌다 고개가 뚝 부러진 10년 된 책상 스탠드를 대문 앞에 내다 놓았다.

한국 같으면 폐기물 스티커를 붙인 후 아파트단지 지정 장소에 갖다 놓았을 것이다. 그런데 그날 나는 버리기에도 전혀 안 아까운 그 스탠드를 집 앞에 두고 식당에서 근무하고 돌아와 보니, 어느새 누군가 가지고 갔는지 보이지 않았다. 나는 내 오래된 스탠드가 폐기되지 않고 이역만리 독일 땅 누군가의 책상에서 다시 불을 밝히고 있을 것을 생각하니 엷은 미소가 지어졌다.

한번은 내가 식당 일을 마치고 집으로 돌아오는데, 어느 집 앞에 번듯한 작은 탁자가 버려져 있는 것이 눈에 들어왔다. 안 그래도 그때 우리 집 화장실 세탁기 옆의 빈 공간에 이런저런 물건들이 정신없이 쌓여있어 선반이나 탁자를 사야겠다고 마음먹고 있었다. 독일 아마존 사이트를 검색해 보니 약 10~20만 원 정도 하였다. 그러던 차에 나는 누군가 폐기물로 내놓은 그 작은 탁자를 발견하고는 더 생각할 것도 없이 바로 들고 집으로 왔다. 화장실로 들어가 문제의 공간에 밀어 넣어보니 아주 딱 맞아떨어졌다. 안성맞춤이었다. 나는 그 탁자를 만족스러운 눈으로 바라보며 말했다.

할레에 있는 중고 여성의류 매장. 중고 의류지만 옷들이 매우 세련되고 손질도 잘되어 있으며, 가격도 저렴하여 손님들이 많이 찾는다.

"오호, 나도 하나 건졌네. 어쩜 이렇게 딱 맞지!"

내가 봤을 때, 독일인들이 재활용의 천재라는 점은 그들의 언어에서도 발견할 수 있다. 굳이 새로운 단어를 만들지 않고 한 단어 앞에

접두어 몇 자만 바꿔 껴서 전혀 새로운 의미의 단어로 사용하기 때문
이다. 참으로 편리하기 그지없는 단어 사용법이다.

'말하다'라는 의미의 독일어 'sprechen'이라는 단어 하나만 봐도 금
방 알 수 있다.

	sprechen	말하다
aus	sprechen	발음하다
ab	sprechen	선고하다
zu	sprechen	판결하다
vor	sprechen	연기하다
ein	sprechen	위로하다

한글, 영어, 중국어 같으면 위의 6개 단어는 각각 다른 단어를 사용
한다. 하지만 독일어는 'sprechen'이라는 단어 하나를 가지고 여러모
로 사용한다. 정말 재활용의 극치이다.

할레의 인구는 약 24만 명이다. 할레에는 유명 대학교가 많다 보니
이 중 25%에 해당하는 6만여 명이 대학생이다. 유학생들도 많다. 독
일 대학생이건, 유학생이건 무슨 돈이 있겠는가. 이들이 입고 다니는
것을 봐도 아주 수수하고 털털하게 입고 다닌다. 명품을 입은 사람은
근 몇 년간 이곳에서 본 적이 없다. 그러니 중고 의류상점이 잘될 수
밖에 없다.

우리나라 사람은 신상을 좋아하지, 독일인처럼 중고품을 좋아하지

여기에 있는 모든 옷이 재활용 상품이다. 여성 손님이 많이 찾는 판매가 매우 잘 되는 옷 가게이다. 명품과 새것만 찾는 한국인으로서 한 번쯤 관심 갖고 봐야 할 곳인 것 같다.

않는다. 그런데 한국인이 좋아하는 독일 중고품이 한 가지 있다.

그것은 독일제 중고 앤틱 식기류이다. 나도 독일에 와서 처음 알았는데 그릇, 차기, 식기, 쟁반 등 독일산 오래된 식기류는 신상품보다 더 비싸다. 처제가 아는 한국인 아주머니 중에 Y라는 분이 있다. 이분의 가족은 할레 옆 도시에 산다. Y 씨 남편은 한국인 성악가인데, 일찍이 그 도시 시립합창단에 취업하였고, 독일에 산 지 20여 년이 다 되어 간다. Y 씨는 남편의 월급만 가지고 빡빡하게 살다가 독일제 앤틱 그릇을 취급하면서 성공하게 되었다.

그녀는 전업주부로서 하루 12시간 이상씩 이 일에 매달렸고, 5~6년 동안 한 달에 10만 원을 못 벌어도 포기하지 않고 꾸준히 했으며, 싼 앤틱 그릇이 나올 때마다 사 모아 집 지하실에 그릇을 잔뜩 쌓아 놓고, 일일이 뽁뽁이로 포장하여 한국으로 보낸 결과, 이제 한국에서 '독일 앤틱 그릇' 하면 바로 이 아주머니를 찾을 정도가 되었다.

이렇게 독일인들의 재활용품 사용 습관 때문에 돈을 버는 한국인도 있다. 오늘도 나는 아침 출근길에 각 집 앞에 나와 있는 재활용품을 보면서 다시 한번 독일에 대하여 생각해 본다.

중동에서 온
새 이웃들

우리 식당 옆에는 시리아 남자가 운영하는 미용실이 하나 있다. 손님이 많은 미용실이다. 이 시리아인이 타고 다니는 차는 벤츠이다. 이 시리아인은 10여 년 전 시리아 내전 당시 독일로 대거 유입된 난민 중에 한 사람으로, 그동안 악착같이 일하여 이렇게 버젓하게 미용실을 운영하고 있다. 들리는 이야기로, 그 시리아인은 할레시에 몇 개의 미용실을 운영하고 있다고 한다. 나도 처음에는 바로 우리 가게 옆이고 해서 자주 가서 머리를 깎았다. 처음에는 이발 요금이 20,000원이었는데 어느 날부터 갑자기 30,000원으로 기습 인상하였다.

"무슨 요금을 하루아침에 이렇게 많이 올려?"

나는 기분이 나빠져서 미용실을 다른 곳으로 옮길까 하는 생각도 해보았으나, 멀리 가는 것도 귀찮고 그냥 그곳에서 계속 머리를 깎았다. 그렇다고 그 시리아인이 머리를 잘 깎는 건 절대 아니다. 정말 아랍 스타일로 깎아 주는데, 나는 옆머리를 바짝 깎는 스타일이 싫어 좀 길게 깎아 달라고 하면 '오케이!'라는 말뿐이다.

처음에는 잘 출발하다가 내가 잠깐 조는 사이 그는 다시 또 이발기를 번개처럼 휘둘러 순식간에 이발을 마쳐, 내 머리는 다시 짧은 스타일로 돌아가곤 했다. 그런데 내 동서도 거기서 머리를 깎다가 언제부터인가 다른 미용실로 옮겼다.

"요즘 옆집에서 머리 안 깎데?"

"형님 생각해 보세요. 우리는 매번 가서 깎아 주는데 자기들은 우리 식당에 와서 밥 한 번도 안 먹잖아요? 그래서 안 가요."

가만히 생각해 보니까 맞는 말이었다.

우리는 옆집이라고 매번 가서 머리를 깎아 주는데 그 시리아 미용사는 라면 한 그릇 사 먹으러 온 적이 없었다. 그 이후 그들이 어떻게 점심을 먹나 가만히 살펴보았다.

그랬더니 이들은 우리 가게 옆에 있는 빵집에 가서 하나에 1,000원 정도 하는 빵 하나를 사와 그것으로 점심을 해결하는 것이었다. 우리 가게에 와서 라면 한 그릇 먹으면 최소 12,000원인데, 그들은 엄청나게 절약하며 돈을 벌고 있었다.

"우리나라 1970년대 사람들 같군. 악착같네."

난 그 이후 동서처럼 미용실을 다른 곳으로 옮겼다.

독일에 거주하는 중동계 난민은 시리아, 튀르키예, 아프가니스탄,

독일은 공원에서 고기를 구워 먹을 수 있다. 그러나 자세히 들여다보면 고기를 굽는 사람의 대부분 아랍계 가족들이다.

이라크, 이란 순으로 많다. 시리아 난민이 가장 많은 이유는 2015년~2016년 시리아 내전 당시 시리아 난민이 유럽으로 260만 명이나 들어왔는데, 그때 독일은 이들을 무려 120만 명이나 받아들였다. 이런 것을 보면 독일이란 나라는 참 대단한 것 같다.

유럽의 강대국 영국이나 프랑스도 이슬람 종교를 가진 아랍인이 자국으로 유입되는 것을 맹렬히 반대하였지만, 독일은 그렇지 않았

독일 대부분 도시의 미용실 상권은 중동인이 꽉 잡고 있다. 잘 깎는 곳은 대부분 중동인이 운영하는 미용실이다. 우리 동네에서 가장 잘 깎기로 소문난 중동인 미용실에서는 수염 염색까지 해준다.

다. 독일은 매우 오래전인 1950년대부터 해외 이주민에게 문호를 개방하여 이들을 지속해서 받아들였다. 특히 2013년부터 지금까지 10년간 독일에 들어와 정착한 난민의 수는 무려 930만 명이나 된다. 독일의 인구가 8,300만 명인데, 우리로서는 도저히 상상할 수 없는 엄청난 숫자이다.

내가 오래전에 국민권익위원회에 아이디어를 하나 보낸 적이 있다. 하루는 새벽에 TV를 켰더니 애국가가 나왔다. 애국가 연주 중에 여러 사람이 나오는 몹신(mob scene)이 있었는데, 그 얼굴들을 가만히 보니 모두 한국인이었다. 애국가 송출 중에 한국인 영상이 나오는 것은 당연한 일 아니냐고 생각할 수 있겠지만, 언제부터인가 한국도 다문화가정이 급증했고, 한국으로 귀화한 외국인이 그렇게 많은데 왜 그들은 단 한 명도 안 나오는지에 대한 의문을 가졌다. 그래서 바로 국민권익위원회에 'TV 애국가 연주 중 한국에 귀화한 외국인들도 얼굴을 비추게 해주면 어떨까?' 하는 아이디어를 보냈다. 얼마 후 답변이 왔는데 '아직 우리나라 정서에 맞지 않아 그런 아이디어는 반영할 수 없다.'라는 답신이었다.

우크라이나 전쟁 이후 독일은 우크라이나 난민도 100만 명이나 받았다. 어떤 경로로든 살길을 찾아 유럽으로 피난 온 유럽 난민 중 3분의 1을 독일에서 수용한 셈이다. 그럼, 독일 정부는 원래 잘살고 있는 독일 국민들이 싫어할 텐데, 왜 그토록 많은 해외난민을 받아들이는 것일까? 대체 무슨 이득이 있길래 이런 정책을 펴는가? 이것은 현재 많은 선진국이 겪고 있는 인구감소 문제와 직결된다.

앞에서도 언급한 것처럼 독일에는 수많은 직업 인턴십, 실습제도, 직업훈련이 있다. 그런데 언제부턴가 이런 직업훈련코스에 독일인 훈련생이 턱없이 부족하기 시작했다. 왜냐하면 독일의 젊은 층 인구가 줄어들고 젊은이들이 힘든 일을 꺼리기 때문이다. 제조업 강국으로 무엇인가를 만들어 외국에 수출하고 사는 독일로서는 심각한 문제가 아닐 수 없다. 이러한 빈자리를 채워준 사람이 바로 열심히 일하며 돈을 벌려는 의지에 가득 찬 난민들이다.

내가 독일에 와서 놀란 것 중의 하나가 독일은 공휴일이 엄청 많은데, 이게 모두 기독교 관련 공휴일이라는 것이다. 한국은 기독교 관련 공휴일이라야 고작 성탄절 하루뿐이다.

독일은 동방박사가 예수님 만나러 간 날, 부활절 전 성금요일, 부활절, 부활절 후 월요일, 예수님 승천기념일, 성령 오신 날, 종교개혁의 날, 속죄한 날, 성탄절 등등 이루 헤아릴 수 없을 정도로 많은 공휴일을 기독교 성경으로부터 따왔다.

그런데 정작 교회에 출석하는 독일인은 거의 없다. 내가 다니는 할레의 한인교회는 독일교회와 예배당을 같이 사용하는데, 주일날 독일교회를 가만히 들여다보면 할머니, 할아버지밖에 없다.

독일의 근로자들은 좀 더 쉬고 싶어 하고 일하려 하지 않는다. 게으름 문화가 만연되어 있다. 건설공사 근로자, 간호조무사 등과 같은 힘든 직종의 인턴십과 직업훈련은 갈수록 외국인으로 교체되고 있다. 결국 부지런한 난민이 일할 수 있는 자리는 점점 늘어나고 있는 셈이다.

독일로 들어온 난민들은 대단히 용기 있는 사람들이다. 그들은 과감히 고향을 등지고, 더 나은 삶을 위하여 끊임없이 노력하는 사람들이다. 어떻게 보면 이것은 인간의 본질이기도 하다. 독일기업들이 계속해서 난민들에게 인턴십이나 직업훈련코스를 제공하는 이유는, 이들에게는 성공하겠다는 강한 성취의욕이 있기 때문이다.

지금도 독일 땅에는 수많은 난민과 이주민이 들어와 속속 정착하고 있다. 물론 이로 인한 부작용도 있을 수 있겠지만, 이들이 아마도 독일 노동력의 큰 축을 맡게 될 것이다. 난민에 대한 앙겔라 메르켈 전 총리의 말이 기억난다. "누구도 이유 없이 고향을 떠나지 않는다."

나의 독일어
배우기

　독일인이 한국어를 배우는 열정만큼, 한국인인 나도 열심히 독일어를 배우려고 하지만 식당 일을 하면서 공부하기는 결코 만만치 않다. 그래도 나는 매일 조금씩 독일어를 공부하는데, 예전에 중국에서 중국어를 공부할 때보다 공부하기가 훨씬 수월해졌다.

　1996년 내가 처음 중국 파견 근무를 할 때, 나는 합작회사의 중국어 문서를 처리하기 위하여 내 책상 위에는 언제나 벽돌 두 장 크기만 한 중국어 사전이 놓여있었고, 나는 중국어 문서를 해석하거나 중국어로 문서를 작성하기 위하여 종일 사전과 씨름했다. 모르는 단어 하나 찾는데 엄청난 시간을 쏟아부었다. 그 후 2000년에 들어서니 전자사전이란 것이 등장했다. 이것은 종이사전에 비하면 눈물이 날 정도로 편리했다. 예전에는 모르는 중국어 단어가 나오면 부수, 총획수를 일일이 따져 찾아가야 했는데, 전자사전은 그냥 모니터에 글씨만 쓰면 무슨 단어인지 금방 알 수 있는 혁신적인 상품이었다. 외국어 공부에 대변혁을 일으킨 제품이다.

그런데 이제 내가 독일에 와서 독일어 공부를 하는데 이보다 수십 배는 더 빠르고 편리한 것들이 나왔으니, 그게 바로 핸드폰 번역기와 챗 GPT였다.

구글 번역기, 파파고 번역기 그리고 챗 GPT를 잘만 활용하면 외국어 공부를 하기 위하여 외국인 선생님을 따로 만날 필요도 없다. 물론 사람이 가르쳐 주는 것만큼 정확하지는 않지만, 그래도 80% 이상은 AI 기계들이 다 맞춘다.

나는 중국에 있을 때, 일주일에 세 번 중국인 선생님에게 중국어 회화공부를 했다. 그런데 독일어를 배우는 요즘, 이제 그런 독일인 선생님이 필요 없게 됐다. 홀에서 독일인을 상대로 서빙을 하다 보면 주문 외에도 다양한 상황이 발생하게 되는데, 나는 그럴 때마다 한국 파파고 번역기를 이용하여 상황에 맞는 적절한 표현을 배우곤 했다. 그렇게 했더니 독일인 선생님을 만나서 공부하는 것 이상으로 좋은 효과를 거둘 수 있었다.

그렇지만 그런 기기들을 통하여 쉽게 얻은 독일어의 새로운 단어나 표현을 내가 얼마나 열심히 외우느냐가 중요했다.

독일어에는 매우 큰 장점이 하나 있다. 그것은 외국인이 웬만큼 발음이 틀려도 독일인들은 다 알아듣는다는 것이다. 이것은 독일어를 배우는 외국인에게 있어 대단히 큰 축복이다.

이것을 내가 왜 뼈저리게 느끼냐면 중국 근무 초기, 나는 파견 전부터 중국어 공부를 오랫동안 해왔고, 중국에서도 끊임없이 중국어 공부를 하고 있었다. 그렇게 나름 중국어 실력에 대한 자부심이 있었고, 한국 본사에서 손님이 오면 내가 중국식당으로 그분들을 모시고 갔다. 그리고 보란 듯이 음식을 주문하면 중국인 여종업원들이 내 말을 하나도 못 알아듣는 것이었다. 나의 성조가 그들과 달라서 몇 번을 이야기하면 그제야 겨우 알아들었다. 중국어 좀 한답시고 무게를 잡다가 손님들 앞에서 단단히 체면을 구긴 적이 한두 번이 아니었다.

그런데 독일어는 그런 경우가 전혀 없었다. 내가 한국의 주한독일문화원에서 독일어 공부를 할 때, 내 발음과 독일에서 20년을 산 처제의 발음이 완전히 달라도 독일인들은 둘 다 모두 알아들었다. 외국인의 독일어 발음을 가지고 왈가왈부하는 경우를 단 한 번도 본 적이 없다. 성조 발음이 조금만 틀려도 못 알아듣는 중국인하고는 완전히 다르다.

그런데 독일어 중에 정말 듣기 싫은 소리가 하나 있다.

"비 비테?(Wie bitte, 뭐라고요?)"

이 말은 독일인들이 시도 때도 없이 사용하는 말이다. 누군가의 물음에 늘 반문으로 던지는 말이다. 나도 식당에서 손님들에게 하루에도 몇 번씩 듣는 말인데, 처음에 이 말을 들었을 때, 상당히 기분이 나

뺐다.

하기야 우리나라 사람은 "뭐라고요?", "뭐?", 여기다 사투리까지 보태지면 "뭐라꼬요?", "뭐여?", "뭐라카노?"라는 완전히 끝까지 따져보자는 식의 말투가 돼버려 예의상 잘 안 쓴다.

그런데 "비 비테?"라는 말은 독일인들이 늘 입게 달고 다니는 말이기에, 나중에 독일인에게 이런 말을 듣더라도 큰 의미 두지 말고 그러려니 생각하고 넘어가야 한다.

놀랄만한
이혼율

처음 독일에 왔을 때, 처제 식당에서 일하기 위해서는 우선 독일 취업비자부터 받아야 했다. 이때 여러 가지 관련 서류를 제출했는데, 이 중 가장 엄격하게 확인하는 것이 가족관계증명서였다. 나하고 아내가 실제로 혼인한 부부가 맞는지를 확인하는데, 정말 까다롭게 검사하고 시간도 상당히 많이 걸렸다.

이를 대비하여 한국에서 가족관계증명서를 발급받아 공증사무소에서 공증까지 받아갔지만, 할레 시청에서는 한국에서 가져온 그 서류를 인정해 주지 않았다. 왜냐하면 가족관계증명서에 '혼인신고 날짜'가 없다는 것이 이유였다. 대체 한국인 중에 혼인신고 날짜를 기억하는 사람이 몇 명이나 될까?

한국정부에서 발행하는 서류에는 원래 그런 게 기록되지 않는다고 설명해도 막무가내였다. 결국 혼인신고 날짜를 몰라 취업비자 발급이 거부되어 한국으로 돌아갈 판이었다. 그때 취업비자 발급을 의뢰했던 담당 변호사가 방법을 하나 제시했다.

"혹시 주독한국대사관에서 가족관계증명서를 공증해 준다면 혼인신고 날짜가 없더라도 할레 시청에서 승인해 줄 수도 있습니다."

우리는 변호사가 시키는 대로 한 다음, 서류를 다시 냈더니 대번에 취업비자가 발급되었다. 대체 독일인에게는 혼인신고가 얼마나 중요하기에 결혼식 날짜는 거들떠보지도 않고 오직 혼인신고 날짜만을 확인하는지 모르겠다.

나중에 알고 보니 독일인에게는 그게 그렇게 중요할 만도 하였다. 동서에게 들어보니 독일인 부부 중에는 같이 살면서 혼인신고를 하지 않은 부부가 부지기수라고 한다. 동서가 근무하는 시립합창단에도 그런 단원이 많다는 것이다. 혼인신고를 하고 부부로 살다가 혹여 이혼이라도 하게 되면 재산분할 등 골치 아픈 일이 많아서 그냥 편하게 동거하면서 사는 게 최고라는 것이다. 그만큼 독일인들은 살면서 항상 이혼을 염두에 두고 있는가 보다.

독일에 살면 누구나 건강보험에 가입하여야 한다. 나와 아내도 독일 B사 공보험에 가입했다. 그런데 우스운 일은 이 보험회사 담당자가 매년 계약한 지 1년쯤 되면 꼭 나에게 전화를 걸어온다는 것이다. 담당자는 한국인 '박 프로'라는 아주 독일보험영업에 도가 튼 사람이다.

"김 선생님, 지금도 부인하고 잘 살고 계시죠? 이혼하면 꼭 알려주세요."

이건 또 뭐지? 남 이혼하길 바라는 거야? 멀쩡히 잘살고 있는 부부에게 이혼을 독려하는 것도 아니고, 처음에 이 전화를 받고는 괘씸한 박 프로라고 생각했는데 알고 보니 그게 아니었다. 독일에는 '알고 보니'가 너무 많다. 어쨌든 알고 보니 독일인들은 하도 많이 이혼을 하기에 보험회사에서 1년마다 부부 이혼 여부를 반드시 확인해야 한다는 것이다. 거기에 따라서 보험수가가 달라지기 때문이다.

한번은 중년의 독일 여자가 혼자 우리 식당으로 들어와 떡볶이를 주문했다. 그때 주방에 있던 처제가 홀을 한번 슬쩍 보다가 그 여자를 발견하고는 반갑게 테이블로 뛰어가서 뭐라고 이야기하는 것이었다. 처제가 그 여자와 한참 수다를 떨다 들어가길래, 하도 궁금하여 집으로 돌아가는 길에, 아까 대체 무슨 말을 했는지 같이 주방에 있던 아내에게 물어봤다.

그랬더니 그 독일 여자는 얼마 전 이혼하여 혼자 산다고 했다. 이혼하기 전, 그 여자는 남편과 우리 식당에 자주 왔었는데, 이제는 그 여자는 안 오고 남편만 변함없이 온다고 했다. 그 남편은 이혼하자마자 바로 다른 여자랑 우리 식당에 들어와 언제나 손을 꼭 붙잡고 밥을 먹는다고 했다. 처제는 그 사실을 그 독일 전처에게 그대로 해준 것이었다.

"하여간 처제는 오지랖도 넓지. 그런 이야기를 왜 해? 어쩐지 그 여자가 기분 나빠서 나가는 것 같더라고. 쯧쯧."

나는 처제의 행동에 혀를 찼다. 나중에 처제에게 들어보니 독일에는 이혼이 일상다반사라 그 여자는 전혀 기분 나빠 하지 않았다는 것이다.

한동안 어느 독일 남자가 한 달에 한 번꼴로 대여섯 살 돼 보이는 두 딸을 데리고 우리 식당에 왔다. 우리 식당에서는 한국에서 가져온 어린이용 젓가락을 15,000원에 판매하였는데, 그것을 2세트 사서 아이들에게 젓가락질을 가르쳐 줄 정도로 자상한 아빠였다. 카운터에서 그것을 바라보면서 나까지 흐뭇해졌다. 그렇게 몇 번을 우리 식당에 왔었는데, 올 때마다 보면 엄마 없이 매번 아빠와 두 딸만 왔다.

"바쁜 아빠가 한 달에 한 번씩 공원에서 아이들과 놀아주고 밥 먹으러 오는구나. 좋은 아빠네."

나는 이렇게 지레짐작했다.

그런데 어느 날 부녀 셋이서 밥을 먹고 있는데, 어떤 여자가 들어와 그 테이블로 성큼성큼 다가가는 것이었다.

"엄마!"

그 여자를 본 아이들이 소리쳤다. 그런데 그 엄마는 아빠한테 뭐라고 말 한마디 안 하고, 테이블 위에 있던 군만두를 하나 집어 간장에 푹 찍어 먹더니, 그냥 아이들의 손을 잡고 횡하니 나가 버리는 것이었다.

'오호! 필시 이건 분명 이혼한 가정인데 누가 나쁜 사람인지 모르겠네.' 난폭하게 군만두를 먹던 엄마가 나쁜 사람인지, 아니면 나쁜 아빠 때문에 엄마가 그런 난폭한 행동을 한 것인지 알 수가 없었다.

할레에 관해서라면 모르는 게 없는 할레 정보통 처제도 이 가정에 대해서는 아는 게 아무것도 없었다. 하지만 내가 보기에는 분명 이혼한 가정이었고, 아마도 아빠에게는 한 달에 한 번 아이들의 면회가 허락된 모양이었다. 참으로 독일은 이혼 가정이 많다고 생각하니, 마음이 씁쓸했다.

독일 어느 대도시에 한국인 지인 부부가 살고 있다. 이 부부는 티격태격하면서 미운 정 고운 정이 들어 어느새 15년을 같이 살았다. 뭐 한국인은 그러면서 평생을 살아가는 게 다반사인데, 최근에 이 부부가 다시 심각한 갈등 위기에 놓이게 되었다.

그 이유는 남편이 독일에서는 하도 이혼이 흔하다 보니, 혹시 자신들에게도 그런 일이 일어날지 몰라 독일인 변호사의 조언을 받아 보았다. 변호사는 그 부부가 각자의 은행 통장을 서로가 확인할 수 있게끔 해놓은 것을 보고 경악을 금치 못하였다.

"오, 나인(Nein 안돼요)! 독일에는 이런 경우가 없어요. 당신의 통장을 부인이 못 보게 하세요. 나중에 이혼하더라도 이것이 아주 편리합니다."

변호사는 극히 독일스러운 조언을 해주었다.

그 남편은 변호사의 말이라고 그대로 따랐다가 부부관계가 또 풍

전등화에 놓이게 된 적이 있었다. 하여튼 변호사가 그렇게 조언하는 것을 보면 독일인들은 이혼을 많이 하긴 하나 보다. 통계에 따르면 이혼율이 약 40%라고 한다.

그래서 독일은 부부가 이혼에 합의하더라도 곧바로 이혼을 시키지 않고, 다시 결합할 기회를 엿보는 1년간의 자숙기간을 준다. 사실 이혼율은 독일뿐만 아니라 옆 나라 프랑스, 벨기에, 룩셈부르크 등도 매우 높다. 내가 보기에 독일인들은 엄청난 참을성을 지니고 있다. 이 정도 참을성이라면 부부가 조금 밉더라고 서로 조금 노력하면 충분히 참고 넘길 수 있을 텐데, 안타까운 일이다. 그러면 가정도 지키고, 성장하는 아이들에게도 많은 안정감을 줄 텐데 말이다.

신발을 바닥에
내리치는 이유

내가 다니는 헬스센터에 오는 독일인의 행동 중에 정말 특이한 점이 하나 있다. 나는 헬스센터 탈의실에서 옷을 갈아입을 때, 한 번씩 깜짝깜짝 놀란다. 왜냐하면 조용한 탈의실에서 체육복을 갈아입으려 하는 순간, 어디선가 갑자기 "탁!"하고 바닥을 세차게 내리치는 소리가 났기 때문이다.

나는 깜짝 놀라며 혀를 찬다.

"살살 좀 내려놓지."

그것은 다름 아닌 독일인이 운동화를 바닥에 내려놓는 소리이다. 나는 지금까지 헬스센터에서 단 한 번도 독일인이 신발을 바닥에 살포시 내려놓은 경우를 본 적이 없다. 신발을 왜 그렇게 세차게 내려놓는지 모를 일이다. 정말 희한하다. 대부분의 독인인들이 신발을 던지다시피 바닥에 내려놓는다. 안 들어본 사람은 이 소리가 얼마나 큰지 모를 것이다. 신발에 얽힌 무슨 독일 미신이 있는가 싶어 인터넷을 검색해 보아도 그런 것은 없었다. 그래서 나는 나름대로 독일인들이 왜 이런 행동을 하는지 생각해 봤는데, 아무래도 자전거와 관련이 있는 것 같았다.

나는 식당에서 저녁 영업이 끝나면 마지막으로 홀 바닥을 대걸레로 한번 닦아낸다. 그럼 꼭 한두 테이블 밑에는 흙이 잔뜩 묻어 있다.

"이 사람들, 공사장 갔다 왔나? 이게 다 뭐람?"

그 이유를 찾던 나는 그게 전부 자전거 때문이라는 것을 발견했다. 헬스센터에서 신발을 던지는 행위도 같은 이유에서인 것 같았다. 독일인들은 자전거를 많이 타고 다니고, 자전거 거치대는 대부분 가로수 밑에 설치되어 있다. 노상에서 맨흙이 노출된 곳은 가로수 밑밖에 없는데, 다들 가로수 밑에 자전거를 세우면서 자연스럽게 흙을 밟게 된다. 아마도 그 흙을 털기 위하여 신발을 던지는 것 같았다.

이와 더불어 독일인의 특이한 행동 중 하나는 자신의 소중한 가방을 모두 헬스장 바닥에 내려놓는다는 것이다. 이것은 우리 식당에서도 마찬가지이다. 한국인은 자신이 메고 온 백 팩이나 손가방을 보통 빈 의자나 의자 뒤에 걸어 놓는다. 그러나 독일인 중에 우리처럼 가방을 의자 위에 살포시 올려놓는 사람은 아무도 없다. 오죽하면 내가 식당에서 주문을 받기 위하여 손님 테이블로 갔을 때, 가방이 바닥에 놓여있으면 내가 그걸 들어서 빈 의자에 올려놓아 준다. 그러면 독일

어느 여름날, 두 사람이 날씨가 너무나 더워 신발을 가방에 달고 맨발로 거리를 걷고 있다. 나는 거리가 아무리 깨끗하다고 하여도 저렇게는 못할 것 같다.

인은 그런 나의 행동이 매우 신기하다는 듯, 한편으로 고마워하는 눈빛으로 나를 바라본다. 나는 왜 독일인들이 자신의 소중한 가방을 바닥에 함부로 놓는지를 생각해 봤다. 아무래도 그것은 우리 한국인과 개념의 차이가 있기 때문이 아닌가 싶었다.

우리나라 사람들은 보통 공공장소 바닥을 더럽다고 여긴다. 많은 사람이 오가는 헬스장이나 식당 바닥은 더 그렇게 생각할 것이다. 그런데 독일인들은 그런 바닥을 깨끗하다고 생각하는 것 같다. 내가 한여름에 길거리에서 몇 번을 목격했는데, 맨발로 걸어 다니는 사람들이 많았다. 아니면 양말만 신고 다니는 사람도 있었다. 어른도 있었고, 아이도 있었다. 한국에서 누군가 그랬으면 지나가는 사람들 모두 '저 사람 미친 거 아니야?'라고 말했을 것이다.

아마도 이런 독일인은 친환경주의자이거나 어려서부터 자연 속에서 성장한 사람들이 아닌가 싶다. 이들은 길거리 바닥도 내 집 안방 바닥같이 깨끗하다고 느끼는가 보다. 그러니 자기 가방을 그런 맨바닥에 자연스럽게 놓을 수 있는 것이다.

예전에 중국에서 파견 근무할 때가 생각났다. 한번은 한국 본사 직원 2명이 출장을 왔다. 그리고 어느 휴일에 출장자 2명, 현지 근무자 2명이 같이 중국 목욕탕에 갔다. 다들 옷을 갈아 있고 샤워하러 들어갔을 때, 나는 우리 4명의 발을 보고 깜짝 놀랐다. 출장자 2명은 한국에서처럼 목욕탕 안을 맨발로 들어왔고, 현지 근무자 2명은 모두 슬리퍼를 신고 있었다. 나도 한국에 있을 때, 목욕탕에서는 맨발로 다녔는데, 중국에 있으면서 목욕탕에 가면 꼭 슬리퍼를 신었다. 왜냐하면 중국 목욕탕에는 슬리퍼가 마련되어 있고 모두 슬리퍼를 신기 때문이었다.

세계 곳곳마다 공공장소 바닥에 대한 위생관념이 다른 것 같다. 독일인은 공공장소 바닥을 깨끗하다고 생각하여 그렇게 맨발로도 다니고 가방을 바닥에 내려놓는 것 같다. 신발을 내리치는 행위는 신발 바닥 홈에 낀 흙을 털어내기 위해서이다.

한국이 배워야 할
출산율 증가 방법

난민 비자를 받고 독일 땅에서 합법적으로 사는 중동인들은 아이를 많이 출산하여, 거리에 나가보면 유모차를 끌고 다니는 그들의 모습을 많이 볼 수 있다. 사실 독일에 정착한 중동 난민들은 독일 출산율 증가에 지대한 공헌을 하고 있다. 독일은 다양한 방면에서 장기간에 걸친 투자와 노력으로 출산율 관리에 성공한 나라이다.

지금 한국은 심각한 인구 절벽 문제에 직면하고 있다. 고령화 인구는 급속도로 증가하고, 출산율은 2023년 0.73명으로 정부의 인구조사 이래 최저치에 이르고 있다. 정말 심각한 상황이 아닐 수 없다. 독일은 1.48명으로 우리의 2배 가까이 된다.

나는 매일 아침 운동을 마치고 식당으로 올라올 때, 길거리에서 마주치는 많은 유모차를 보고 감탄한다. 도대체 독일은 어떤 정책을 펴 왔길래 한국에서 흔히 보는 개모차는 하나도 없고 유모차가 이렇게 많을까?

사실 독일도 약 20여 년 전 우리나라와 똑같이 인구 절벽을 맞았었다. 앞서 언급한 것처럼, 저출산 문제를 해결하기 위하여 메르켈 총리는 난민 수용 정책을 폈다.

독일은 적극적으로 난민을 수용하는 것 이외에도 출산율을 높이기 위하여 다른 다양한 정책도 추진했다. 산모에게 산부인과 진료를 전액 무료로 제공하는 것은 물론이고, 산모가 몸이 찌뿌둥할 때 언제든지 마사지, 물리치료도 전액 무료로 받게 해준다.

한번은 내가 운동하다가 오른쪽 어깨를 다친 적이 있는데, 그때 〈테라피(Therapy)〉라고 불리는 물리치료센터를 10번 정도 다녔다. 그곳은 사전에 예약하고 가야 하는데, 갈 때마다 전부 아줌마, 젊은 여자들뿐이었다.

출산 이후 육아휴직은 아빠, 엄마 관계없이 3년까지 사용할 수 있다. 그리고 정부에서 아이들 양육을 위해 보조금을 지급한다. 독일 처제 집의 조카는 모두 3명이다. 처제네는 정부로부터 자녀 3명의 보조금을 매달 100만 원씩이나 받는다. 자녀가 1명이면 30만 원, 2명이면 45만 원을 받는데, 자녀가 26살이 될 때까지 지급한다.

독일 길거리에서는 정말 많은 유모차를 볼 수 있다. 그러나 개모차는 지금껏 단 한 대도 본 적이 없다.

그런데 정부에서 이렇게 돈을 많이 주니 어이없는 일이 발생했다. 알뜰한 처제는 한동안 통장에 그동안 안 쓰고 아껴둔 양육보조금이 7,000만 원이나 적립되어 있었다. 그런데 큰아들이 이번에 대학교에 입학했는데 처제에게 이렇게 말했다고 한다.

"엄마, 이거 나 때문에 나라에서 준 돈이잖아. 나도 이제 대학생이니까 차도 사고, 다른 도시에 가서 하숙하려면 돈도 필요하니 전부 나 줘야 해. 우리 친구들이 그러는데 부모가 그 돈 쓰면 신고할 수 있데. 알았지, 엄마?"

독일가정은 보통 아이 둘 이상은 다 키우고 있다. 어느 독일 엄마가 개를 앞세우고 아이 둘을 학교에 데려다주고 있다.

협박도 아니고, 처제 부부는 정말 어이가 없었다.

"이놈아, 그거 네 동생 둘 것도 다 포함된 거야."

큰 조카 녀석, 이제 다 컸다며 큰돈을 두고 부모님과 다투게 생겼으니, 정말 어처구니없는 일이 아닐 수 없다.

우리나라도 향후 출산율 장려를 위하여 적극적인 양육보조금 지원 정책을 펼 텐데, 나중에 너무 많은 금액이 저축되어 부모, 자식 간에 다툼이 벌어지는 상황도 고려하여 현금 이외에 다른 지원책도 다양하게 펴야 할 것이다.

할레에 어느 젊은 한국인 부부가 있다. 특별한 전문직을 가진 것도 아니고, 미술 방면 비정규직이나 아르바이트를 하면서 그럭저럭 사는데, 아이는 연년생으로 2명이나 있다. 만약 이들이 한국에서 살았으면 아예 아이를 낳지 않았던가, 많아야 1명 정도 낳았을 것이다.

그런데 독일에서는 이들에게 2명 출산도 여유로웠다. 왜냐하면 정부에서 탁아소, 유치원 비용을 부모소득에 반비례하여 지원해 주기 때문이다. 이 부부는 둘이서 한 달에 약 300만 원 정도 번다. 큰아이가 뒤뚱거리며 걷기 시작할 때부터 탁아소, 유치원을 보냈는데, 한 달 개인 부담 비용은 15만 원 정도이다. 총 유치원 비용은 이보다 훨씬 더 많이 나오지만, 나머지는 정부가 보조금으로 다 지원한다. 그리고 독일에서는 아이들에게 한국처럼 이곳저곳 학원에 보내지도 않는다. 이런 환경이다 보니 학부모가 양육비, 교육비에 대한 부담이 적어 자연스럽게 아이들을 많이 낳을 수밖에 없다.

저출산으로 골머리를 앓고 있는 나라는 사실 한국뿐만이 아니다. 어느 정도 경제적으로 좀 부유하다고 하는 나라들은 모두 저출산 문제를 안고 있다.

과거에 비해 현재 한국에서 아이를 키운다는 것은 부담이 백배 이상이다. 요즘은 아이를 낳자마자 산후조리원부터 그 가격이 보통 비싼 게 아니다. 분유, 아기 옷, 유모차 등 육아용품도 해외 브랜드를 많이 사용하고 있다. 유치원에 들어가기 전부터 영어를 배워야 하고 유치원, 초등학교에 입학하면 다른 친구들과의 경쟁에서 뒤처지지 않기 위해서 해야 할 활동이 너무 많다. 그리고 좋은 대학교에 진학해야 하고, 급여 많은 직장에 취업하여야 하니, 아이를 낳아 장성할 때까지 키운다는 것은 한마디로 고난의 연속이다. 우리나라가 직면한 이런 저출산 문제를 해결하기 위하여 독일의 다양한 출산 장려 정책을 검토해 본다면 좋은 해답을 얻을 수 있을 것 같다.

그런데 나는 이런 생각도 해보았다. 만약 환생이란 것이 있다면, 지구에 사는 인간은 수천 년을 거쳐 환생하여 살아왔을 것이다. 매년 새로운 영혼이 유입되어 지구의 인구는 지금껏 계속 증가해 왔다. 그런데 수천 년 간의 환생의 삶을 마치고, 마침내 지구에서의 환생 수업을 졸업하고 더 높은 차원으로 올라가는 영혼들이 나오는 시점이 되면, 그때는 반드시 지구의 인구가 감소할 것이다. 아마도 지금이 그때가 아닌가 싶다. 우리가 모르는 더 높은 차원으로 이동하기 위하여 지금까지 지구에서 살아왔던 많은 영혼이 서서히 그쪽으로 이동하고 있어서 세계적인 저출산 현상이 발생하는 것이 아닌가 하는 생각도 해보았다. 이건 그저 나의 상상일 뿐이다.

식당에서

먹다 남은
라면

　나는 독일 처제네 한국식당에서 현재까지 3년 정도 근무하고 있다. 그러던 어느 날, 나는 라면을 먹는 데 있어 한국인과 독일인의 결정적 차이점을 발견했다.

　그것은 면발에 대한 견해이다. 한국인들은 라면을 먹을 때, 면발이 반드시 쫄깃하게 살아 있어야 한다. 쫄깃한 면발은 라면 조리의 기본이며, 이를 위한 각가지 기발한 요리법들이 유튜브에 넘쳐난다. 하지만 독일인에게 이러한 요리법들은 다 남의 나라 이야기이다. 독일인은 라면 면발이 불어 터졌다 해도 전혀 상관하지 않는다.

　한국인 누군가 식당에서 라면을 주문했는데, 주방이 너무 바빠 면발이 약간 불은 라면을 내놓았다면, "사장님! 이 라면 다 불었는데요." 하며 울상이 되어 분명 이렇게 외쳤을 것이다. 하지만 똑같은 라

독일인들은 라면을 정말 좋아한다. 그중에서 가장 많이 찾는 라면이 바로 불고기 라면이다. 먹다 남으면 100% 포장해서 가져간다.

면을 독일인에게 내놓으면 독일인은 아무 말 없이 맛있게 먹었을 것이다.

한번은 우리 식당에 어느 독일 여학생 두 명이 점심 12시경에 들어와 라면 한 그릇씩을 시켰다. 둘 다 매운맛을 시켰는데, 한 명은 매운 라면을 좀 먹어 본 사람 같았고, 다른 한 명은 친구 따라 덩달아 시킨 것 같았다. 그런데 그 여학생들이 두 그릇의 라면을 다 비웠을 때는 점심 영업시간이 거의 종료된 시간이었다. 라면 한 그릇을 먹는 데 장장 3시간이 걸린 셈이다. 카운터에서 이들의 라면 먹는 모습을 보았는데, 정말 라면 면발을 한 올 한 올 세어 가면서 먹었다.

3시간 가까이 먹은 라면은 그 면발이 불을 대로 다 불었을 텐데도 그들은 전혀 아랑곳하지 않고 수다를 떨면서 천천히 잘도 먹었다. 결국 매운 라면을 잘 못 먹던 친구가 식사를 끝낼 무렵, 나에게 한 말에 나는 다시 한번 놀랐다.

"라면 남은 것 좀 포장해 주세요."

그녀는 라면 한 그릇을 다 못 먹고 남겼다. 그리고 그 불어 터진 남은 라면을 집에 싸 가서 먹겠다는 것이었다. 한국인으로서는 전혀 이해가 안 갔지만, 많은 독일인이 이렇게 한다. 내가 한국식당 홀서빙 일을 하면서 "라면 면발 불어잖아요. 다시 조리해 주세요."라고 항의받은 적은 지금까지 단 한 번도 없었다.

독일인에게 라면 맛의 핵심은 국물 맛이지, 결코 쫄깃한 면발이 아니다. 이런 것으로 미루어 봤을 때, 독일인들은 웬만큼 맛있으면 다 맛있다고 여기는 성격을 지녔다.

독일인이 가장 즐겨 먹는 음식은 역시 소시지와 감자튀김일 것이다. 이것은 파는 식당이 가장 많다.

테이크아웃 음식
기다리기

우리 식당은 배달회사를 이용한 배달 서비스를 하지 않는다. 그래도 음식을 직접 테이크아웃 하려는 사람들은 많이 들어온다.

"음식 포장해서 갈게요(Bitte Mitnehmen)."

독일인들의 정말 희한한 점은 이렇게 가지고 갈 음식을 주문하고 나서 음식을 준비할 시간 동안 대부분 식당 밖에서 기다린다는 것이다. 식당 안에서 기다리지 사람이 거의 없다.

내가 한국에 있을 때, 배달 서비스를 하지 않는 동네 치킨집의 치킨이 아주 유명했다. 이 집에 가면 언제나 나처럼 치킨을 주문해서 가지고 가려고 기다리는 사람들로 가득 찼다. 그런데 모든 사람이 주문

독일인들은 음식을 포장 주문할 경우, 음식이 나올 때까지 식당 밖에서 기다린다. 비가 오거나, 날이 어두워도 밖에서 기다린다. 내가 들어와서 기다리라고 해도 안 들어온다.

한 치킨이 나올 때까지 홀에 있는 테이블을 하나씩 차지하고는 켜놓은 TV를 본다든지, 아니면 핸드폰을 보며 기다렸다. 정작 홀에서 치킨을 먹는 사람은 한두 테이블이 있을까 말까 했다. 그런데 독일인들은 모두 가게 밖으로 나간다.

한번은 비가 추적추적 내리던 어느 겨울날이었는데, 손님 한 분이 들어오더니 라면 하나를 포장 주문하였다. 그날은 날씨 탓으로 홀에 손님이 한 명도 없었다. 그런데 그 손님은 라면 포장 주문을 한 뒤, 식당 밖에서 비를 맞으며 라면이 나오기를 기다리는 것이었다.

독일인들은 우산을 안 쓰는 사람이 많다. 자전거도 많이 타고 다녀서 우산 대신 등산복 같은 방수 코트를 잘 입고 다닌다. 그 사람도 그런 옷을 입고 궁상맞게 부슬부슬 내리는 겨울비를 다 맞고 있었다. 창문 너머로 보이는 그 모습이 하도 안쓰러워 문을 열고 나가, 안으로 들어와서 기다리라고 했다. 그랬더니 그 사람은 괜찮다면서 극구 사양하고, 결국 라면이 나올 때까지 밖에서 기다렸다가 포장 라면을 가지고 갔다.

참으로 무슨 생각을 하는지 모르겠다. 남에게 폐 끼치지 않겠다는 생각에서 그러는 것인데, 좀 도가 지나친 게 아닌가 싶다. 한국 같으면 으레 실내 테이블에 앉아 음식이 나올 때까지 기다렸을 텐데 말이다.

김치 한 접시
생일파티

독일인들은 식당에서 계산할 때 더치페이를 잘한다. 물론 서양인들은 대부분 그럴 것이다. 한국인들은 밥 먹고 나서 계산대에서 서로 계산하려고 실랑이를 벌이는 경우가 매우 많다. '한턱낸다.', '내가 쏜다.' 등의 말 표현만 봐도 누군가 대접한다는 의미가 많이 담겨 있다.

이런 관습은 동양권의 중국인들도 마찬가지이다. 내가 중국 파견 근무 시절 느낀 것인데, 중국인들도 이 '내가 쏜다' 문화에 푹 빠져 있었다. 중국인들은 친구나 손님이 자신이 사는 지역, 즉 홈그라운드에 왔을 때는 반드시 본인이 쏴야 한다는 불문율이 있었다.

"오늘 내가 낼 거니까, 너희는 신경 쓰지 마!"

이 말은 내가 중국에 있을 때, 식당에서 중국인들에게 자주 듣던 말이었다.

왼쪽에 4명이 앉아 있는 자리가 생일 기념 식사자리이다. 그러나 음식값은 각자 계산했다. 이날 생일을 맞은 사람은 생일 턱으로 군만두를 샀다.

그러나 독일인들은 그런 면에서 한국인이나 중국인과는 전혀 다르다. 독일인들은 생일같이 특별한 날 친구들과 같이 밥을 먹으러 식당에 오더라도 자신이 먹은 음식값은 보통 자신이 계산한다. 그리고 그날 생일을 맞은 사람이 친구들을 위하여 한턱내는 것은 김치 한 그릇이나 오이무침 한 그릇이 전부다.

이것은 내가 홀서빙을 보면서 많이 목격한 광경이다. 한번은 내가 처제 식당에서 일한 지 얼마 안 돼, 독일인들의 그런 습관을 몰랐을 때였다. 그날 생일식사를 한다고 예약한 젊은이가 친구들과 우르르 몰려 들어왔다. 모두 8명이었다.

"오늘 생일 맞은 사람이 친구들에게 돈 좀 쓰겠는데."

나는 혼잣말을 하며 그들의 주문을 적었다. 독일의 많은 식당은 주문을 주문지에 적는다. 한국 같으면 포스기에 입력할 텐데, 독일은 아직은 볼펜으로 기록하는 식당이 많다. 나는 8명의 주문을 주문지에 빼곡히 적고는 주방에 주문을 넣었다. 그런데 식사를 다 마치고 다들 자리에서 일어설 때쯤 그날의 주인공인 생일을 맞은 친구가 나에게 말했다.

"여기 계산할게요. 각자 냅니다."

환장할 노릇이었다. 난 그 모든 것을 한꺼번에 적어 누가 무엇을 먹었는지 도무지 알 수가 없었다.

"그냥 생일을 맞은 사람이 오늘 한턱내지 무슨 더치페이야?"

나는 울상이 되어서 독일어를 잘하는 처제를 찾으려 했는데, 그날 따라 처제는 식당에 나오지 않았다. 나는 곧 울음이 터질 것 같은 표정으로 그들 한 사람 한 사람에게 '넌 무얼 먹었니?'를 계속 물어보며 한참 만에 계산을 끝마쳤다. 그 계산만 거의 30분을 잡아먹었다. 9개

필자가 독일 식당에서 근무를 해보니, 독일인은 음료수나 음식값을 각자 더치페이하는 것이 일반적이다. 생일날 누가 한턱을 내더라도 한사람이 다 계산하게 하는 그런 큰 부담을 주지 않으려고 한다. 이 술도 각자 마신 만큼 낸다.

테이블 전체를 관리해야 하는데, 그날 그 한 테이블 계산 때문에 다른 일은 엉망이 되어버렸다.

    그날 생일을 맞은 사람이 7명의 친구에게 한턱낸 것은 김치와 오이 무침뿐이었다. 나머지는 모두 알아서 더치페이한 것이다. 독일에서는 누군가 한꺼번에 계산하면 이것을 '주자먼(zusammen)'이라고 하고, 더치페이를 '게트렌트(getrennt)'라고 한다. 난 그날 이후로 여러 손님이 한꺼번에 들어오면 반드시 주문지 뒤에 사람 수대로 칸을 쳐서 각자 주문한 내용을 나눠 적었다. 독일에서 생일을 맞은 사람은 부담이 덜 가서 좋을 것이다. 하지만 그래도 한 번씩 돌아가면서 쏘고, 나머지 친구들은 얻어먹는 재미가 쏠쏠하다는 것을 독일인들도 느낄 날이 올 것으로 생각한다.

달거나
혹은 짜거나

독일인들은 음식을 짜게 먹는다. 그래서 우리 식당의 간장을 아주 좋아한다. 비빔밥을 주문한 경우, 통에 담긴 간장 소스와 고추장 소스를 따로 가져다준다. 한국 같으면 간장과 고추장을 테이블마다 비치해 놓았을 텐데, 이곳에서는 그 소비량을 감당할 수 없어 카운터에 보관하고 있다가 내준다.

부침개, 만두, 김밥 등을 시킬 때는 간장을 작은 종지에 담아서 가져다준다. 그러면 적지 않은 손님이 그 간장을 부침개 위에 케첩처럼 쭉 뿌린다.

"간장 좀 더 주세요."

그러고는 나한테 간장을 더 요구한다. 만두를 먹을 때에도 만두 전체를 간장에 푹 담갔다 먹는다. 정말 독일인들은 한국 간장을 매우 좋아한다. 특히 달짝지근하게 제조한 우리 식당 간장을 굉장히 좋아하는데, 간장 제조법을 알고 싶어서 물어보는 손님이 한둘이 아니다.

"이 간장 어떻게 만드는 거예요? 한국 마트에서 산 간장하고는 맛이 다르던데요?"

"네. 그건 비밀입니다."

나는 항상 그렇게 대답한다. 하기야 비밀이라야 별거 없다. 그냥 한국 여느 식당에서 제공하는 간장처럼 설탕, 식초를 조금 섞은 것뿐이다. 그래서 우리 식당은 간장 작은 종지 하나를 1,000원씩에 판다. 한번은 들어오는 문 옆 창가에 있는 테이블에 어떤 독일 여자가 혼자 와서 비빔밥을 주문하였다. 나는 평소와 같이 간장, 고추장 소스를 가져다주었다. 그런데 그 여자는 카운터에 있는 나를 등지고 창밖을 바라보며 앉았다.

'바깥 경치를 보려 하나? 왜 저렇게 앉았지?'

그렇게 카운터를 등지고 앉은 사람은 그 사람이 처음이라 나는 의아하게 생각하며 음식을 갖다 주었다. 나중에 그녀가 음식값을 계산하고 상을 치우러 갔을 때, 나는 고개를 갸우뚱하면서 간장통을 들어보았다. 분명히 그날 아침 가득 채워놨던 간장통이었는데 거의 바닥이 나 있었다.

"세상에, 이 많은 간장을 비빔밥에 넣어 전부 비벼 먹었다고?"

나는 간장통을 들어보면서 눈이 휘둥그레졌다. 어쩐지 그 여자가 나를 등지고 앉는 것이 수상하더라니. 그 많은 간장이 순식간에 사라졌다. 먹었는지 쌌는지, 어쨌든 그녀는 엄청난 간장 마니아였다.

독일인들은 정말 단 것과 짠 것을 좋아한다. 할레 인근 호숫가 카페에서 아이스크림을 주문하였는데, 정말 달디단 아이스크림이었다. 살찌는 소리가 들렸다.

독일인은 대다수가 이렇게 짜게 먹는다.

독일인들은 짠 음식 못지않게 단 음식을 정말 좋아한다. 독일에는 초콜릿, 초콜릿 빵, 초콜릿 케이크 등 초콜릿이 들어간 제빵, 제과들이 넘쳐난다. 독일에 와서 아침마다 초콜릿 빵과 케이크를 사서 식당으로 출근하는 처제 덕분에 단것을 접할 일이 많았지만, 나는 원래 한국에 있을 때부터 단것을 잘 안 먹었다.

"직원 복지 차원에서 사 왔는데 왜 안 드세요?"

허리에 손을 얹고 초콜릿 빵을 노려보는 처제 사장님 덕분에 나와 집사람은 독일에 온 이후 매일 아침 조금씩 초콜릿 빵에 손을 대기 시작했는데, 이게 엄청난 중독성이 있었다.

나중에 처제가 초콜릿 빵을 안 사 오는 날에는 내가 직접 빵 가게에 가서 사 오곤 했다. 집사람 말에 의하면, 처제가 한국에 있을 때는 저렇게까지 초콜릿을 많이 안 먹었다고 하는데, 독일 식습관이 무섭긴 무섭다. 독일은 여름 빼고 봄, 가을, 겨울에는 언제나 비가 오고 해를 거의 볼 수 없는 흐린 날씨가 이어진다. 아마도 이런 날씨의 영향을 받은 독일인들은 그런 우울한 기분을 극복하기 위하여 달거나 혹은 짠 음식들을 많이 섭취하는 것 같다.

고등학생에게
받은 팁

    팁 때문에 기억에 남는 독일 여학생이 있다. 그 여학생은 어느 날 5명의 친구와 같이 식당에 들어와 구석에 있는 넓은 테이블에 앉았다. 모두 앳돼 보이는 것이 고등학생 같았다. 이즈음 나도 주문받는 기술이 늘어, 주문지 뒤에 칸을 나눠 각자의 주문을 받았다. 이렇게 주문을 받으면 나중에 계산하기도 편하고, 한 사람이 전체 음식값을 계산할 때보다 팁을 훨씬 많이 받는다. 하지만 고등학생 이하 어린 손님들은 팁을 왜 줘야 하는지 그 의미도 잘 모르고, 기본적으로 팁을 안 준다. 학생들은 제각기 라면, 떡볶이, 비빔밥, 김밥에 음료수 등을 다양하게 주문했다. 그런데 맨 구석에 앉아 있던 그 여학생은 의외였다.

    "저 계란 프라이 하나만 주세요. 음료수는 됐어요."

그 학생은 돈이 없었는지 다른 친구들이 음식과 함께 음료수를 맛있게 먹을 때, 계란 프라이 하나만 시키고는 친구들의 먹는 속도에 보조를 맞추기 위해 천천히 먹었다. 예상한 대로 그 학생들은 음식을 다 먹고 음식값을 각자 더치페이했다.

'애네들은 혹시 팁을 주려나?' 하고 생각했는데 역시 아무도 팁을 주지 않았다. 아무리 독일이라지만 청소년에게 팁을 받는다는 것은 있을 수 없는 일이다. 그런데 나를 놀라게 한 것은 바로 맨 구석에 앉아 있던 그 여학생이었다. 그 여학생은 계란 프라이값이 1,300원이었는데 나에게 3,000원을 주면서 말했다.

"잔돈은 됐습니다(스팀조)."

나는 놀란 표정으로 그 여학생을 바라보았다. 돈이 없어 다른 친구들처럼 버젓한 음식과 음료수는 못 시킨 학생이었지만, 마음 씀씀이는 그중에서 가장 큰 사람이었다.

내가 사는 할레시에는 마르틴루터대학교라는 세계적으로 유명한 대학교가 있다. 종교개혁가 마르틴 루터가 활동한 곳이 바로 할레이고, 그를 기리기 위한 유서 깊은 대학교인지라 테크놀로지과, 법학부, 경제학부, 의학부, 철학부로 유명하다. 한번은 이 학교에 다니는 학생이 우리 식당에 와서 비빔밥을 한 그릇 먹고 음식값을 계산할 때, 나와 한참 실랑이를 벌였다. 예전에는 대학생이 비빔밥을 사 먹으면 학생 할인 700원을 해주었다. 용돈이 궁한 학생들에게 할인 혜택을 준 것이었는데, 물가가 오르다 보니 언제부터인가 그 할인 가격을 없애버렸다. 그런데 그 대학생은 자기는 옛날 할인 가격만 생각하고 왔기 때문에 끝까지 700원을 할인해 달라고 했다. 하도 강력하게 주장하는 바람에 나는 700원을 그냥 할인해 주었다.

"감사합니다."

그 학생은 그제야 만족해했다. 그러고 나서 학생은 감사하다는 말과 함께 나에게 비빔밥값을 냈는데, 계산대에 놓인 돈을 살펴보니까, 나에게 음식값 이외에 팁까지 준 것이었다. 700원을 어렵게 깎더니 음식값 이외에 나에게 1,400원의 팁을 더 준 것이었다.

나로서는 이해하기 힘든 상황이었다. 조금 전 그의 음식값을 절약하기 위한 적극적 행동으로 미루어 봤을 때, 나에게 팁을 안 주는 게 마땅한데 그 독일 학생은 깎은 금액의 두 배를 팁으로 나에게 준 것이었다.

'원래부터 나에게 팁을 주려고 작정하고 그랬나?'

나는 그가 떠난 후 한참 생각해 보았다. 아마도 이것은 독일인의 몸에 밴 칼뱅주의적 행동인지도 모른다. 칼뱅주의는 자신이 잘살든 못살든 신이 주신 직업과 삶에 만족하면서 작은 부분에서 내 이웃에게 베풀기를 아끼지 않는 그런 행동을 말한다. 내가 받을 수 있는 권리도 당당히 받고, 내가 베풀 수 있는 자선도 최선을 다해서 한다는 의미가 담겨 있다. 참으로 인상에 남는 독일 대학생이었다.

우리 식당에 오는 손님은 90% 이상이 독일인이다. 그 이외에 한국, 미국, 중국, 일본, 동남아시아, 튀르키예, 시리아 등의 다양한 손님이 온다. 그런데 팁을 주는 손님은 기본적으로 독일인밖에 없다. '팁 문화' 하면 그 본고장인 미국을 생각하여 미국인은 팁을 잘 줄 것으로 생각할 텐데, 천만의 말씀이다. 미국은 식당에서 대부분 카드 결제를 하는데, 카드 결제 시 이미 팁이 포함되어 있다고 생각하기 때문에 그들은 팁을 별도로 줄 생각을 하지 않는다. 그것은 아시아인들이나 아랍인들도 마찬가지이다. 내가 봤을 때, 독일인들은 유독 팁에 후하다.

그러나 팁이란 주는 사람이 옳고 안 주는 사람이 그르다는 그런 문제가 아니다. 가격표 이외에 '팁'이라는 수고한 종업원에 대한 마음의 표시로 지불하는 습관은 그저 각국이 지닌 고유의 성향일 뿐이다.

현금
박치기

    내가 처음 처제 식당에서 일을 시작한 2021년만 해도 처제의 식당에서는 카드 결제가 안 됐다. 무조건 현금만 받았다.

    "처제, 요즘 같은 시대에 카드 결제가 안 되는 식당이 어딨어? 한국은 100% 카드로 결제하는데, 이 식당은 너무 시대에 뒤처진 것 같아."

    나는 현금만 받아서는 매출 신장을 기대할 수 없으며, 현재 결제 시스템이 너무 낙후되어 있다고 핀잔을 주었더니, 처제는 채 한 달이 안 되어 식당에 카드 결제 시스템을 설치하였다.

    "이제 봐. 식당 매출이 쑥쑥 오를 거야."

    나는 자영업 경험도 없으면서 경험 많은 사장인 듯 자신 있게 말했다. 그러나 3여 년이 지난 지금까지도 식당의 매출은 거의 변함이 없다. 별로 나아진 게 없다. 오히려 카드 전산 시스템에 매출액이 더 많이 기록되어 세무서에 세금만 더 많이 내게 되었다. 독일을 모르면 그냥 잠자코 있을 것이지 괜히 잘난척하다가 처제만 난감하게 만들었다.

　상식적으로 식당에서 카드 결제를 하게 되면, 손님의 입장에서는 현금이 없어도 일단 음식을 사 먹을 수 있기에, 식당의 매출이 늘어나는 것은 당연하다. 그런데 왜 독일에서는 그렇지 않은가를 생각해 봤다. 나는 평소 독일인들은 카드보다 현금을 더 많이 사용한다는 사실을 알게 되었다. 카드 안 쓰기로는 일본인들이 유명한데, 독일인들이 한술 더 뜬다. 일본의 카드 사용 비율은 33%인데 독일은 21%밖에 안 된다. 그러니 제아무리 좋은 카드 포스기를 설치해 두어도 매출이 오를 리가 만무했다.
　할레에 있는 식당 중 특히 베트남인이 경영하는 쌀국수집, 중동인의 되네르 케밥집에서 카드 결제되는 식당은 아주 드물다. 대부분 현금만 받는다.
　거기에 비하면 독일에 있는 한국식당은 카드 결제가 되니 그들보다는 많이 선진화되어 있다. 그런 우리 식당조차 신용카드(Credit Card)는 안 받고, 직불카드(Debit Card)만 받는다. 그렇게 하는 이유는 식당 입장에서 신용카드 수수료를 너무 많이 내기 때문인데, 독일 식당 중에 우리처럼 직불카드만 받는 집이 매우 많다. 독일인들은 현금을 가장 많이 사용하고, 다음이 직불카드, 그다음이 신용카드 순이다. 내

독일에서는 동전 주머니가 달린 지갑을 써야 한다. 독일에서 하루 이상 살다 보면 반드시 수중에 동전이 들어오기 때문에, 동전 주머니가 없으면 이쪽저쪽에 동전이 널려 있게 된다.

처제 부부도 독일에서 20년을 살았지만, 평소 현금이나 직불카드밖에 사용하지 않는다.

처음 독일 생활을 시작했을 무렵, 당시 독일 카드 없이 오로지 현금으로만 모든 결재를 했다. 그러다 보니 2유로, 1유로, 50센트, 20센트 등 거스름돈으로 받은 각종 동전이 지갑에 넘쳐났다.

쇼핑센터에서 물건값을 치르기 위해 지갑을 꺼내면 지갑에서 '우당탕탕' 하고 동전이 쏟아지는 바람에 곤욕을 치른 적이 한두 번이 아니었다. 결국 나도 여느 독일인처럼 동전 주머니가 달린 지갑으로 바꿨다. 그런 동전 주머니가 달린 지갑은 내가 중학교 때 써보고 안 써봤는데, 독일은 나로 하여금 타임머신을 타고 과거로 가게 했다. 그래도 그렇게 현금과 동전을 계속 사용하다 보니 불편한 점은 잘 모르겠고, 수중에 현금이 없을 때는 쓸데없는 물건을 안 사게 되니 경제적으로 많이 절약하게 됨을 느꼈다.

니 맛도 내 맛도 없는
독일 음료수

독일인들이 잘 마시는 음료수 중에 〈애플슐러(Apfelschorle)〉라는 음료수가 있다. 이것은 사과주스 50%, 물 50%를 배합한 음료수이다. 마셔보면 사과주스도 아닌 밍밍한 맛에 살짝 사과 맛이 나는 그런 느낌이다. 독일 인기 음료수 중에 〈비오나데(Bionade)〉라는 청량음료가 있는데, 이것을 마셔보면 정말이지 봉이 김선달이 따로 없다는 생각이 든다. 한국인이 이 음료수를 마셔본다면 이구동성으로 이렇게 말할 것 같다.

"헐, 맹물에 환타 한 방울 넣은 거네. 이걸 어떻게 팔아?"

내가 보기에 〈비오나데〉를 만드는 기업은 독일인들에게 맹물을 팔아 떼돈을 버는 기업임에 틀림없다. 콜라같이 '탁' 쏘는 맛이 나거나 사이다처럼 시원한 느낌을 주는 음료수를 좋아하는 한국인에게는 전혀 정서에 맞지 않는 음료수이다.

우리 한국식당에서는 한국에서 수입한 유자청, 매실청 등으로 레모네이드를 만들어 한국 음료수로 판매한다. 나는 손님이 레모네이드를 주문할 때마다 독일인들에게 한국 전통의 맛을 제대로 알려주기 위해 청을 충분히 넣어서 탄산수를 탔다. 그러던 어느 날, 그것을 본 처제가 기겁을 하는 것이었다.

"형부! 유자청을 그렇게 많이 넣으면 안 돼요. 독일 사람들은 달아서 싫어해요."

처제가 또 무슨 재료비를 아끼려고 저러나 싶어 나는 정색을 하고 대답했다.

"무슨 소리야, 처제. 독일 사람들은 단것만 좋아하는데 충분히 넣어줘야 해."

하지만 처제는 완강하게 청을 조금만 넣으라고 강조했다. 나는 처제가 그렇게 말한 이후 레모네이드를 만들 때 정말이지 살짝 맛만 날 정도로 청을 조금만 넣어 줬다. 그랬더니 처제의 말대로 독일인들은 그것을 더 좋아했다.

예전에 나는 한국의 맛을 제대로 알려주고, 또한 그들이 내는 음료수 가격을 생각하여 청을 넉넉하게 넣어 줬는데, 그것은 나의 과잉 친절이었다. 청을 조금만 넣은 레모네이드를 가지고 싱겁다느니, '이게 맹물이지 무슨 레모네이드냐.'라고 트집 잡는 독일인은 이제껏 단 한 명도 없었다.

독일인들은 음식을 주문할 때, 꼭 음료수도 같이 주문한다. 이런 습관은 언제부터 유래 되었는지는 모르겠지만, 나 같은 한국인이나 중국인, 일본인, 베트남인 등 아시아인은 우리 식당에 오면 대다수가 음료수를 안 시킨다. 특히 독일에 온 지 얼마 안 된 사람들이 더 그렇다. 당장 나만 해도 한국에 있을 때, 식당에 가면 물은 으레 서비스로 제공해 주기 때문에 물값을 따로 치른다는 것은 좀 아까운 생각이 든다.

우리 식당에는 가끔 한국에서 출장 온 분들이 식사하러 온다. 그러

독일인들이 정말 좋아하는 음료수는 모두 밍밍한 맛이다. 사과주스에 물을 탄 애플숄러와 탁 쏘거나 강한 맛이 없는 비오나더 같은 음료수를 좋아한다.

독일은 역시 맥주 천국이다. 수많은 종류의 맥주가 판매되고 있다. 요즘은 무알코올 맥주를 즐기는 사람들이 아주 많다.

면 그분들이 나에게 꼭 물어보는 것이 있다.

"여기 물은 안 주시나요?"

"네. 독일에서는 물을 사드셔야 하는데요."

그러면서 나는 그들에게 물 몇 잔을 서비스로 갖다주면서 알려준다.

"유럽의 식당에서는 물값을 받으니, 다음에 오실 때는 돈을 내셔야 할 것 같아요."

그러면 모두 고맙다고 하면서 꼭 그렇게 하겠다고 했다. 물론 나도 처음에 다른 식당에 가서 물을 돈 내고 먹는다는 것이 너무 아까웠다. 그런데 이곳이 독일인데 어쩌겠는가. 로마에 가면 로마법을 따를 수밖에 없다.

독일에서 마시는 물은 두 가지 종류가 있다. 탄산가스가 주입된 탄산수(Sprudel Wasser)와 그냥 생수(Still Wasser)가 있다. 우리 식당에서 물 판매량으로 봤을 때 탄산수 90%, 생수 10% 비율로 압도적으로 탄산수를 많이 찾는다. 나도 처음에는 사이다도 아닌 것이 탁 쏘는 맛의 탄산수를 별로 안 좋아했었는데, 조금씩 마시다 보니 그것에 중독이 되었는지 이제는 거의 탄산수만 찾게 된다.

나는 독일인들이 왜 맹물보다 탄산수를 훨씬 많이 마시는가에 의문을 가지고 알아봤다. 그 이유는 독일 음료수 수질이 안 좋기 때문이었다. 독일뿐만 아니라 유럽 대부분의 지역이 석회질 암반으로 이루어져 물에 석회 성분이 엄청 많이 함유되어 있다. 석회수에는 수산화칼슘이 들어있는데, 그냥 마시면 맛도 이상하고 몸에도 안 좋다. 그런데 여기에 이산화탄소를 주입하면 수산화칼슘이 탄산칼슘으로 바뀐다. 이 탄산칼슘은 물에 녹지 않고 그냥 물 밑에 가라앉는다. 이렇게 가라앉은 탄산칼슘은 여과시설로 걸러내기 때문에, 탄산수를 마시면 석회 성분이 없는 깨끗한 물을 마시게 되는 것이다. 그래서 독일인들은 탄산수를 많이 찾는 것이다. 내가 중국 파견근무를 할 때도 식수에 석회 성분이 많아 골치 아팠었는데, 독일도 마찬가지이다. 역시 식수 품질은 우리나라를 따라올 나라가 없는 것 같다.

독일인이
좋아하는 나라

독일인들이 좋아하는 나라는 여러 나라가 있겠지만, 내가 식당에서 쭉 여러 독일인을 관찰한 결과, 독일인들이 좋아하는 나라는 바로 한국이었다.

독일인들은 한국을 매우 좋아한다. 이것은 내가 독일의 한국식당에서 홀서빙하면서 겪은 경험을 바탕으로 봤을 때 그렇다. 비단 이들이 한식만 좋아한다면 내가 군이 이렇게까지 생각하지 않았을 것이다. 그런데 내가 손님들에게 주문을 받으려고 테이블로 갔을 때, 어떻게 하면 나에게 한국어로 말을 걸어볼까 하고 한국어로 말하는 사람이 너무나도 많다.

"맛있어요.", "감사합니다." 등의 간단한 한국어 수준을 넘어 뭔가 한국어로 길게 이야기하려고 애쓰는 사람들도 많다. 내가 봤을 때,

이런 독일인들은 최소 한국어 중급수준 이상은 공부한 사람들이다. 이처럼 독일인들이 한국어로 말을 한다는 것은 한국에 관심이 많기 때문이다. 독일인이 한국어로 나에게 물어볼 때, 내가 한국어로 좀 빨리 대답하면 그때야 그들은 다시 독일어로 말한다. 최근 조사에 따르면 현재 한국인 중에서 독일어를 배우는 사람보다 독일인 중에 한국어를 배우는 사람의 수가 더 많다고 한다.

내가 독일에 막 왔을 때, 처제는 나에게 '핸드릭'이라는 독일인 젊은 친구를 소개해 주었다. 이 친구는 40대 초반인데 결혼할 생각은 별로 없는 것 같았으며, 몇 년간 독학으로 한국어를 배워왔고 나를 통해 한국어를 좀 더 배우고 싶어 했다. 핸드릭은 사시사철 하늘색 반소매 티만 입고 다녔는데, 그 티에는 한글로 이렇게 쓰어 있었다.
"나는 핸드릭입니다."
그 정도로 한글에 푹 빠져 사는 친구였다. 가만히 생각해 보니, 나도 핸드릭을 통하여 독일어를 공부하면 될 것 같아, 일주일 중 한번은 내가 한국어를 가르치고, 한번은 내가 독일어를 배우는 식으로 공부를 시작하였다. 처음에 두 사람이 서로 가르치고 배우며 잘 이어나갔는데, 독일 유수의 D 운송회사에 다니던 핸드릭이 너무 출장이 잦아 결국 각자 알아서 공부하게 되었다.
이만큼 한국어 학습에 열정을 가지고 있는 독일인이 많아서 우리 식당에서 특히 한국인끼리 말할 때 조심해야 했다. 홀에 앉아 있는 손님 중 1~2명은 그런 한국어를 알아듣는 독일인이 있기 때문이다.

독일 젊은이들에게 인기 있는 할레 토스트 가게. 가게 이름도 BTS이다.

처제의 친구 중에 엘리자베스라는 독일인 여의사가 있다. 이 여자
도 한국의 열렬한 팬이다. 우리 부부가 독일에 오기 전 한국에 살 때,
한번은 엘리자베스가 두 딸을 데리고 한국에 배낭여행을 왔었다. 그
때 내 아내가 관광지 여러 곳을 안내했었다. 그만큼 한국에 대한 애
정을 많이 가지고 있다. 결국 그 딸은 독일 튀빙겐대학교 한국어과에
입학한 후, 한국에 또 가고 싶어 경희대학교 교환학생으로 가게 되었

독일인은 관용정신이 있다. 이것은 다양성을 인정하는 민주주의 정신의 기본이다. 그래서 유럽에서 가장 많은 난민을 수용했다. 사진은 할레 시청 앞 광장에 놓인 유난히 빨간 하트 설치물.

다. 그리고 한 번씩 한국에서 전화를 걸어와 나날이 향상하는 한국어 실력을 자랑했다.

　한번은 우리 식당에 어떤 독일인 손님이 왔다. 무려 한 달 전에 전화로 자리예약을 할 정도로 극성인 독일 아주머니였다. 이 손님은 그날 자기 딸 생일인데 별도의 요금을 줄 테니 4명이 앉는 자리에 풍선, 리본 등 생일을 축하하는 장식을 해달라고 요청했다. 거기에다 음악으로 꼭 BTS 음악을 틀어 달라는 것이었다. 독일 현지에 와서 보니 정말 BTS, 블랙핑크, 뉴진스는 독일을 비롯한 유럽의 많은 젊은이들에게 정신적 지주와도 같은 존재였다.

우리 식당에서도 손님 식사 때 음악을 틀어주기는 하나, 식사하기 편하게 분위기가 조용한 음악을 튼다. 물론 한국인으로서 K팝을 틀면 국위선양도 하고 좋겠지만, K팝은 손님 식사 때 듣기에는 사운드가 강하고 시끄러워서 틀지 않는다.

그래도 우리는 독일 손님의 간절한 부탁이어서 그날 BTS 음악을 틀어주기로 했다. 한 달 후 그 가족들이 온 날, 생일 축하 장식으로 꾸며진 테이블을 본 그 가족들은 매우 만족해했다. 그리고 식사가 나올 때 나는 준비한 BTS 음악을 틀었다. 그랬더니 그날 생일을 맞은 주인공 딸이 펑펑 울기 시작하는 거였다. 그리고 온 가족이 다 따라 울었다. 대박이었다. 단지 딸이 원하는 음악을 잠깐 틀어준 것뿐인데, 무슨 감동의 물결을 그렇게 강하게 받았는지 대성통곡을 하고 울었다. 도대체 어떤 한국의 콘텐츠로 이들을 이토록 감동을 줄 수 있단 말인가! 정말 BTS는 전생에 독일을 구한 불세출의 기사집단이었는지도 모르겠다.

독일 관련 팁

독일 주요 사항

- 국가공식명칭 : 독일 연방공화국(Bundesrepublik Deutschland)

- 정치
  - 정치체제   : 연방제, 단원제, 공화제, 의원내각제
  - 연방대통령 : 프랑크발터 슈타인마이어
  - 연방총리   : 올라프 숄츠
  - 연방상원 의장 : 마누엘라 슈베지히
  - 연방의회 의장 : 바르벨 바스
  - 연방헌법법원장 : 스테판 하르바스
  - 입법부 : 독일 연방의회, 독일 연방상원
  - 집권여당 (연립정부) : 사회민주당, 동맹 90/녹색당, 자유민주당

- 역사
  - 연합군 점령하 독일   1945년 6월 5일
  - 독일연방공화국 수립   1949년 5월 23일
  - 독일 통일   1990년 10월 3일

- 지리
  - 면적 : 357,022km2 (세계 63위)

- 공용어
  - 독일어

- 인구
  - (2023년) 약 84,607,016명 (세계 19위)

• 인구 밀도
  – 236명/km2 (세계 58위)

• 경제 GDP(PPP) (2024년)
  – 전체 : 6조1700억 달러 (세계 6위)
  – 일인당 : 70,930 달러

• 통화
  – 유로 (EUR)

• 종교
  – 가톨릭교회 (24.8%)
  – 개신교 (22.6%)
  – 동방 정교회 (2.2%)
  – 기타 기독교 (1.1%)
  – 이슬람교 (3.7%)
  – 기타 종교 (1.7%)
  – 종교 없음 (43.8%)

• 독일 국제 전화
  – +49

• 독일 법정 공휴일
  01. 01 신정 (Neujahr)
  03. 08 세계여성의 날 (Internationaler Frauentag)
  03. 29 성 금요일 (Karfreitag)
  04. 01 부활절 (Ostermontag)
  05. 01 노동절 (Tag der Arbeit)
  05. 09 예수승천일 (Christi Himmelfahrt)
  05. 20 성령강림절 (Pfingstmontag)

10. 03 독일 통일의 날 (Tag der Deutschen Einheit)
12. 25 성탄절 (1. Weihnachtstag)
12. 26 성탄절 (2. Weihnachtstag)

독일 인기 관광명소 베스트 20 (2024년)

1위 : 노이슈반슈타인 성
슈방가우 중심가에서 2.6km
130년 된 동화 같은 성, 디즈니 성의 모티브, 알프스의 웅장한 전망

2위 : BMW 박물관
뮌헨 중심가에서 4.9km

3위 : 박물관 섬
Berlin City Centre 베를린 중심가에서 400m

4위 : 쾰른 대성당
쾰른 중심가에서 440m

5위 : 뢰머광장
프랑크푸르트 구시가지 중심가에서 71m

6위 : 베를린 돔
베를린 중심가에서 283m

7위 : 마리엔 광장
뮌헨 중심가에서 546m

8위 : 알리안츠 아레나 축구장
뮌헨 Schwabing 중심가에서 9.8km

9위 : 포르쉐 박물관
슈투트가르트 중심가에서 6.9km

10위 : Miniatur Wunderland
함브루크 중심가에서 858m

11위 : 님펜부르크 궁전
뮌헨 님펜부르크성, 뮌헨 중심가에서 6.4km

12위 : 국립 독일 박물관
뮌헨 중심가에서 594m

13위 : 메르세데스 벤츠 박물관
슈투트가르트 중심가에서 4.1km

14위 : 브란덴부르크 문
베를린 티어가르텐, 베를린 중심가에서 1.9km

15위 : 베를린 장벽 기념관
Berlin City Centre 베를린 중심가에서 1.9km

16위 : 하이델베르크성
하이델베르크 중심가에서 3.4km

17위 : 프랑크푸르트 대성당
프랑크푸르트 구시가지 중심가에서 237m

18위 : 신 시청
    뮌헨 중심가에서 507m

19위 : 호프 브로이 하우스
    뮌헨 중심가에서 316m

20위 :뮌헨 레지덴츠 궁전, 박물관
    뮌헨 중심가에서 765m

독일 가족 관광명소 베스트 10 (2024년)

1위 : 베를린 동물원 (동물원)
    입장료 : 약 43,000원/인
    베를린 티어가르텐, 베를린 중심가에서 4.7km

2위 : 레고랜드 독일 (테마파크)
    입장료 : 약 92,000원/인
    군즈부르크 중심가에서 3.5km

3위 : German Spy Museum (박물관)
    입장료 : 34,000원/인
    베를린 중심가에서 2.1km

4위 : 유로파파크 (유원지)
    입장료 : 약 160,000원/인
    러스트 중심가에서 298m

5위 : Wilhelma (식물원)
    슈투트가르트 중심가에서 3.7km

6위 : 라이프치히 동물원 (동물원)
    입장료 : 약 30,000원/인
    라이프치히 중심가에서 764m

7위 : 프랑크푸르트 동물원 (동물원)
    프랑크푸르트 오스텐트, 프랑크푸르트 중심가에서 1.4km

8위 : SEA LIFE Berlin (아쿠아리움)
    입장료 : 약 25,000원/인
    베를린 중심가에서 92m

9위 : Cologne Zoological Garden (동물원)
    입장료 : 약 35,000원/인
    쾰른 리엘, 쾰른 중심가에서 2.7km

10위 : 헬라브룬 동물원 (동물원)
    입장료 : 약 40,000원/인
    뮌헨 중심가에서 4.7km

독일 여행에 필요한 10가지 팁

1. 여행 계획
독일은 관광 명소가 많은 나라이다. 여행 계획을 세울 때 충분한 시간을 가지고 미리 미리 예약을 하는 것이 좋다. 박물관, 관광지는 사전 예약이 필요하다.

2. 독일 음식
부어스트(소시지), 프리첼, 감자튀김, 맥주가 유명하다. 맥주는 지역마다 특산품이 있어 다양한 맥주를 맛볼 수 있다. 어딜 가나 베트남 쌀국수, 튀르키예 케밥 집은 있어서 이곳도 맛보는 재미가 있다. 케밥은 소고기 케밥으로 먹는 것이 좋다.

3. 한국 식당 및 식품
독일 어느 지역을 가나 한식당은 다 있다. 하지만 베트남인이 경영하는 맛없는 한식당도 있으니 잘 보고 가야 한다. 또한 [GO ASIA] 등 아시아 상품을 파는 마트가 많아 컵라면, 김치, 떡볶이 등은 손쉽게 구할 수 있다.

4. 교통수단
독일은 교통이 매우 편리한 나라이다. 공항에서 도심까지 지하철이나 기차로 갈 수 있는 경우가 많으며, 여러 도시를 여행할 때는 독일 철도(DB) 패스를 활용하는 것이 좋다.

5. 지불 방법
독일은 현금을 많이 사용한다. 물론 카드도 많이 사용한다. 카드를 받지 않는 곳도 있으니 현금을 가지고 다니는 것이 좋다. 식당에서 팁은 1~3 유로 정도 지불하면 되는데, 요즘 젊은이들은 팁을 안 주는 경우가 더 많다.

6. 독일어 기초 회화
구 서독지역은 주민들이 영어를 많이 구사하는데, 구 동독지역은 영어를 못하는 경우가 많다. 아주 생 기초 독일어는 의사소통을 원활히 하는 데 필요하다. 기본적인 인사말과 간단한 문장을 구사할 수 있는 수준으로 기초 회화를 학습해두자.

7. 날씨 관련 준비물
독일은 날씨 변화가 많다. 여행 기간과 계절에 맞는 옷차림과 준비물을 챙겨야 한다. 겨울은 의외로 추우므로 두꺼운 옷을 챙겨야 한다.

8. 에티켓
독일인은 대체로 점잖은 성격이고, 엘리베이터나 트램을 탈 때 서로 양보를 잘한다. 이때 독일어로 "당케쉔!"하고 이야기해 주던가, 눈인사를 해주어도 좋다.

9. 관광지 예약
독일에는 박물관, 공원 등 다양한 관광 명소가 있다. 인기 있는 관광지는 인터넷으로 사전 예약을 해두는 것이 좋다. 현장에서 표를 사면 비싸다. 또한, 관광지마다 쉬는 날이 달라서 잘 확인하고 가야 한다.

10. 선물
맥주, 초콜릿 등이 있다. 또한 DM, ROSMANN 등 마트에서 파는 상품은 저렴하면서도 유명한 것들이 많다. 특히 오쏘몰 등 독일 의약품, 화장품이 유명하다.

한국인이 잘 모르지만 관광하기 좋은 독일 도시 5개

1. 뉘른베르크 (NÜRNBERG)

뮌헨에서 자동차로 1시간 30분정도 거리에 있다. 뮌헨이 워낙 유명하여 한국 관광객들이 뮌헨만 구경하고 이곳은 잘 가지 않는데, 뉘른베르크는 유럽, 미주에서는 굉장히 알려진 유명한 도시이다. 도시 중앙에 있는 멋진 뉘른베르크 성을 중심으로 인구 60만 명이 거주하는 대도시이다. 아디다스, 퓨마 등 많은 세계적인 기업 본사가 이곳에 있으며 도시 곳곳에 많은 관광 명소가 있다. 특히 세계 제2차 대전을 일으킨 독일 나치당이 창당한 맥주집도 있으며, 이들이 전범으로 벌을 받게 된 연합군 전범재판소 기념관도 있어, 관광 버스가 줄지어 들어온다. 정말 볼만한 곳이 많은 도시이다.

2. 라이프치히 (Leipzig)

우리나라 축구선수 황희찬이 활동하였던 독일 프로축구팀 [라이프치히]가 있는 곳이다. 옛 동독지역에서는 베를린 다음으로 큰 도시로 곳곳에 관광 명소가 많다. 라이프치히 대학교는 한국, 중국 유학생이 엄청나게 많으며, 메르켈 총리, 괴테와 같은 독일 유명인을 많이 배출한 학교이다. 동독 시절에는 한동안 [칼마르크스대학교]라고 불리기도 했다. 라이프치히 기차역은 유럽에서 가장 큰 기차역이다.

3. 뤼벡(Lübeck)

뤼벡은 함부르크에서 자동차로 약 1시간 정도 떨어져 있다. 이 도시의 건물은 매우 독특하다. 유명한 건축물로 [홀슈텐토어]이라고 있는데 찔릴 것만 같은 매우 뾰족한 지붕이 특징이다. 또한 뤼벡에서는 특이한 건축 양식을 지닌 소금 창고가 유명하다. 이러한 소금창고가 여러 곳 있다.
뤼벡은 [세인트 페트리 교회]가 유명하다. 이 교회는 전망대가 있어 꼭대기에 올라가면 도시 전체를 감상할 수 있다.

4. 밤베르크(Bamberg)

밤베르크는 독일의 베니스라고 불리는 바이에른주 소도시이다. 마인강과 레크니츠강이 만나는 지점에 위치한 도시로 유명 문화재가 많은 도시이다. 세계 2차대전 때 폭격을 받지 않았다. 어느 마을은 전체가 유네스코 세계문화유산으로 지정되었다. 독일 중세 역사를 도시 곳곳에서 느낄 수 있는 도시이다. 대표 명승지로 [미하엘 베르크 수도원] [구 시철 건물]이 있다.

또한 마인강이 흐르는 강변에 카페가 많은데 이곳에서 커피, 아이스크림을 먹는 것도 여행의 재미를 높여 줄 것이다. 밤베르크 특산물은 훈제 맥주, 족발과 같은 [학센]이 있다. 구글 지도를 검색해 보면 [Schlenkerla] [Klosterbrau]와 같은 유명 식당들이 나오니 이곳에 가서 특산물을 맛보는 것도 좋다.

5. 퓌센 (Füssen)

뮌헨에서 자동차로 약 2시간 정도 거리에 있다. 디즈니랜드성은 이곳에 있는 있는 노이슈반슈타인성을 모방하여 만든 것이다. 마을이 작아 2~3시간이면 관광을 다 끝낼 수 있다. 퓌센에서는 외나무 다리 [마리엔 브뤼케]와 노이슈반슈타인성, 호엔슈반가우성을 구경하면 된다. 백조가 떠다니는 호수가 한 폭의 그림처럼 펼쳐 진다.

독일 여행 시 안전을 위한 팁

1. 독일은 다른 유럽 국가와 비교하면 치안이 양호한 편이다. 그러나 구동독 일부 지역을 중심으로 극우주의자에 의한 소소한 사고가 발생하고 있으니, 구동독 지역 여행 시 항상 사방을 잘 살펴보고 다녀야 한다.

2. 독일은 여행자를 대상으로 한 강력범죄는 극히 드문 편이다. 그러나 다른 유럽 국가처럼 소매치기가 종종 발생하고 있으니 항상 사주 경계를 늦추지 말아야 한다.

3. 도시에서 청소년들이 여럿 모여 있는 곳은 피해 가는 것이 좋다. 특히 밤늦은 시간에 중앙역 (Hauptbahnhof), 철도역 (S-Bahnhof)에서는 주의를 잘 살펴보자.

4. 독일인은 야간 활동이 적고, 가로등이 없는 곳도 종종 있다. 그러니 일몰 이후 인적이 드문 곳을 다니는 것을 삼가야 한다.

5. 호텔 식당, 일반 식당, 맥주 가게에서 좌석에 걸어둔 가방을 도난당하는 사례가 발생하니 주의하여야 한다.

6. 2024년 4월 1일부터 독일 전역에서 개인이 합법적으로 대마를 소지하거나 필 수 있다. 또한, 비영리 목적 자가재배를 허용한다. 그러나 우리 국민이 독일에서 대마를 흡연할 경우, 대한민국의 법률에 따라 처벌 대상이 되니 절대 해서는 안된다.

7. 최근 유럽 전역에 홍수, 태풍으로 인한 피해가 잦아지고 있다. 따라서 외출 시에는 항상 일기예보를 확인하고 나가야 한다.

8. 버스, 트램, 지하철 등 대중교통 이용 시 반드시 표를 구매하여 '찰칵' 소리가 나는 개찰구에 표를 넣어 개찰해야 한다. 표를 개찰하지 않으면 벌금이 부과된다.

9. 예상치 못한 사고 발생 시, 신속히 독일 경찰이나 한국 영사관 콜센터에 신고하여야 한다.
   o 독일 경찰 긴급전화 (Notfallruf) : 110
   o 독일 경찰 온라인 신고 : https://portal.onlinewache.polizei.de/en
   o 영사콜센터 : +82-2-3210 0404 (24시간)
   o 카카오 상담 서비스 : 카카오톡 채팅방 '영사콜센터' 검색
   o 무료 전화앱 : 앱스토어 '영사콜센터 무료전화' 검색
   o 구급대 응급 전화번호 : 112 (24시간)

독일 거주에 관한 팁

독일 이주를 결정할 때 가장 중요한 것은 이주의 목표가 명확해야 한다. 자녀 교육을 위한 것인지, 가족 모두 새로운 곳에서 삶을 시작하고 싶은 것인지, 좀 더 여유 있는 곳에서 생활하고 싶은 것인지 사람마다 각각 다른 이유가 있을 것이다. 그 목적에 따라 독일 이주 형태가 달라진다. 독일 이주 형태에는 주재원, 취업 이민, 유학, 워킹홀리데이, 개인 사업자, 결혼, 교환 학생, 교환 교수, 연구원 파견 등으로 나눌수 있다.

취업 이민 또는 주재원을 희망할 경우

독일 취업이나 회사 파견이 결정되면 시간 관리가 정말 중요하다. 준비하여야 할 것들에 대한 리스트를 만들어야 한다. 독일에서 거주할 곳에 대한 정보, 자녀 학교 정보 습득, 한국 생활의 정리 등 준비할 것이 상당히 많다. 필자도 중국 파견근무를 두 번이나 나간 경험이 있고, 현재 독일에서 일하고 있어서 이러한 준비의 중요성에 대하여는 누구보다도 잘 알고 있다.

가족 모두 또는 미혼이면 혼자 현지에 대한 정보를 어느 정도 습득했다고 판단되면 독일 희망 리스트를 작성한다. 독일에서 취업 이민이나 주재원 근무를 시작하고 나서 무엇을 하고 싶은지 그 소망을 적어 보는 것이다. 이렇게 하면 향후 독일생활 기간이 짧든 길든 굉장히 유의미한 시간을 보낼 수 있다.

1. 출국 점검표

① 항공권 예약 및 발권 : 출국 일자 확인 후 항공권 예약 및 발권
② 이삿짐 발송 의뢰 : 국내 및 현지 이사 전문 대행 업체를 활용하여 이삿짐 발송
③ 세금 처리 : 소득세, 주민세, 재산세 납입 및 공공요금 자동이체 정지 등 각종 세금 정리를 하여야 한다
④ 국내 주택 처리 : 주택 전세 또는 매매로 한국 집에 대하여 확실하게 해 놓고 와야 한다.
⑤ 독일 임시 거주지 예약 : 독일에 가서 장기 거주할 숙소 한국에서 계약하기 어려우므로 임시 거처할 곳을 인터넷으로 미리 예약한다.
⑥ 자녀 전학 준비 : 자녀가 있는 경우, 자녀의 학교 전학 관련 서류 처리 및 독일 거주 지역 학교를 미리 알아본다.
⑦ 한국 거래처 정리 : 기존 한국의 거래 은행 등 거래처의 중요 서류 및 연락처를 잘 정리하여야 한다
⑧ 전임 준비금 수령 : 회사 주재원 파견인 경우 국내에서 미리 전임 준비금 수령

2. 비자 발급 신청 및 거주 허가증 발급

비자 발급을 위해서 독일 대사관으로 제출해야 하는 서류는 주한독일대사관 홈페이지에 자세히 안내되어 있다. 그리고 서류는 다음과 같다.

① 비자신청서

② 여권 사본

③ 여권 사진 2매 (3.5 x 4.5 cm) 6개월 이내 촬영

④ 고용주가 작성한 고용 관계에 관한 확인서 원본 및 사본 회사

⑤ 해외 주재원 파견인 경우, 추가 서류 작성 (주한독일대사관 홈페이지 참조)

⑥ 학력증명서 및 경력증명서

⑦ 이력서

⑧ 독일 고용주 초청장 원본 1부, 사본 1부

- 이외 다른 서류의 제출도 요구할 수 있다.
- 비자 수속은 보통 4~6주 정도 소요된다.
- 독일 비자 발급은 주한독일대사관 영사과에서 독일의 관할 외국인청, 독일 연방노동청과 공동으로 검토한 후 발급 여부를 결정한다.
- 검토가 잘 이루어진 경우, 대사관은 최초 3개월 비자를 발급해주며, 입국 후 비자가 만료되기 전에 이주할 독일지역 외국인 청에서 비자 기간을 연장하도록 한다.
- 회사에서 독일 주재원 파견근무일 경우, 회사에서 Work Permit 노동 허가서를 발급받아 제출하는 것이 아주 유리하다.
- 독일 입국 후 거주 허가증 신청을 할 때 똑같은 서류를 또 요구할 수가 있으니 (필자도 그랬다) 같은 서류를 한국공증을 받아 가지고 가는 것이 좋다.
- 모든 서류에는 한국처럼 호치키스를 찍지 마라. 독일 공무원은 서류에 흠집 내는 것을 매우 싫어하기 때문에 서류는 클립으로 끼워서 가라.

취업이민, 파견근무 시 독일에 가져가야 할 서류

1. 개인 인적사항 관련 서류.
기본증명서, 가족관계증명서, 혼인관계 증명서, 주민등록등본 등 발급받은 후 공증을 받는 것이 독일 현지에서 발급받는 것보다 시간적으로 많이 유리하다.

2. 자녀 관련 서류
출생증명서, 학교졸업증명서, 예방접종 확인문서 등으로 학교 입학이나 보험 가입시 필요하다.

3. 학교 및 회사 경력 관련 서류
대학교, 대학원 졸업증명서, 성적증명서, 직장 경력증명서 (영문)은 취업하거나 개인 사업 시에도 요구할 수가 있다.

4. 운전면허 관련 서류
운전면허증, 운전 무사고 증명서 (영문) 등을 자동차 보험회사에서 가입시 요구하는 경우가 있다.

5. 공인인증서 발급
독일 현지에 나가면 한국의 은행, 정부민원 24, 기타 기관과 연락하여 각종 증명서 또는 인증을 받는 경우가 많은데 이때 공인인증서가 반드시 필요하다.

독일 장기 이주시 나가기 전 확인하여야 할 것들

1. 실손보험 중지 및 기납부액 돌려받기
해외에 나가면 실손보험에서 치료비 보장을 해주지 않는다. 그래서 실손보험료를 내지 않거나 이미 냈다면 돌려받을 수 있다. 물론 연락하지 않으면 절대로 먼저 돌려주지 않는다. 돌려주는 것은 3년 이내면 가능하다.

2. 자동차 보험료 돌려받기
차량을 한국에서 팔거나, 말소시키고 해외로 가져간다면 남은 계약기간의 보험료를 돌려받을 수 있다.

3. 한국 핸드폰 번호 살려두기
해외에서 한국의 인터넷 서비스를 사용할 때 핸드폰 인증을 많이 사용한다. 그래서 한국 번호를 살려가는 것이 좋다.

4. 듀얼 유심 핸드폰 사용
해외에 나가면 현지 유심을 사서 현지 번호를 사용하는 게 훨씬 저렴하다. 대신 한국 인증 서비스를 위해서 한국 통신사 유심도 들고 나가면 핸드폰 두개를 써야 한다. 그래서 듀얼 유심 사용이 가능한 핸드폰을 사용하는 게 좋다. 듀얼 유심 폰은 출장 다닐 때도 매우 편리하다.

5. 신용카드 유효기간 확인 후 짧으면 재발급
해외에 나가기 전에 신용카드를 재발급받아두는 것이 편하다. 해외에 있는 동안 유효기간이 만료되면 다시 받는 게 쉽지 않다. 확인해보고 기간이 짧으면 미리 받아 두어야 한다.

6. 국제운전면허증 발급
국제운전면허증을 받아두는 게 좋다. 유효기간이 1년이다.

워킹홀리데이를 희망할 경우

독일과 한국은 워킹홀리데이 비자 관광취업을 위한 사증협약이 체결되어 2009년 4월 19일자로 발효되었다. 본 협약의 취지는 한국의 젊은이들이 독일의 문화와 일상생활을 체험할 수 있도록 하는 데 있다. 워킹홀리데이 비자의 유효 기간은 최대 12개월이다. 따라서 워킹홀리데이는 독일에서의 체류 비용을 부담하기 위한 단기 취업을 할 수 있다.

1. 신청자격
① 만 18세 이상 30세 이하
② 대한민국 국적
③ 자녀 동반 불가
④ 신청자격 (나이, 국적)이 안 되는 배우자는 동반 불가함
⑤ 건강검진증명서. 양호한 건강상태인 경우 불필요함

2. 구비서류
① 비자신청서
② 여권
③ 여권 사진 (3.5 x 4.5cm) 6개월 이내 촬영
④ 재정증명서 : 2,000유로 이상 입금된 본인 명의 잔고 증명(영문)
   일주일 이내 발급 원본 1부
⑤ 보험계약서 : 해외에서 책임, 질병, 사고보험이 각 30,000유로 이상 보장되어야 한다. 영문 원본 1부. 보험 목적은 Working Holiday 또는 Overseas Travel로 명시되어 있어야 한다.
   • 보험은 독일 체류 기간 내내 유효해야 한다.
   • 보험사 선택은 자유

유학을 희망할 경우

1. 대학 고르기
독일에는 최고의 교육 수준을 자랑하는 다양한 유형의 대학들이 매우 많다. 제일 먼저 하여야 할 것은 자신의 전공이나 학업계획에 적합한 대학을 선택하는 것이다.

2. 학업 과정 선택하기
독일에서는 학부 과정 (Bachelor), 석사 과정 (Master) , 국가고시 과정 (Staatsexamen), 박사 과정 (Promotion) 등 다양한 학업 과정을 이수하고 학위를 취득할 수 있다.

3. 입학 조건
독일 이외의 국가에서 정식으로 고등학교 또는 대학교를 졸업한 자라면 원칙적으로 독일 대학에 진학할 자격이 주어진다. 그러나 외국인으로서 독일 대학에 진학하려면 특정 조건(독일어 점수 등)을 인정받아야 한다.

4. 독일어 배우기
독일에서 대학을 다니고 일상생활을 하기 위해 어느 정도의 독일어 실력이 요구되는지 (학과마다 요구수준이 다름), 어떻게 자신의 독일어 실력을 향상시킬 수 있는지 등을 미리 확인하여야 한다.

5. 학비 조달
유럽의 다른 국가와 비교할 때 독일 물가가 특별히 높은 편은 아니다. 하지만 대학 생활을 성공적으로 마치기 위해서는 안정적인 학비 조달이 필수적이기에 독일유학에 필요한 비용들을 정리해 재정 계획도 미리 준비하여야 한다.

6. 지원하기

독일 대학에 입학하기 위해서는 정해진 몇 가지 규정에 유의해야 하는데, 지원 학교의 홈페이지에 상세히 나와 있다. 지원 마감은 여름학기 지원은 1월 15일까지, 겨울학기 지원은 7월 15일까지이다.

7. 입학비자

아래의 서류를 본인이 직접 주한독일대사관 영사과에 제출해야 한다.
① 비자신청서
② 여권
③ 여권 사진 2매 (3.5 x 4.5cm) 6개월 이내 촬영
④ 독일에서 수강할 독일어 강좌 주18시간 이상 등록증명서
⑤ 영문 졸업증명서 및 수능성적증명서 또는 재학증명서
⑥ 자기소개서 및 학업계획서
⑦ 독일 민간의료보험 계약서 (incoming 의료보험) 여행자보험은 안됨
⑧ 재정증명서 또는 장학금 수혜서

8. 주의사항

① 학업 시작 전에는 일해서 돈을 벌 수 없다.
② 비자신청에서 발급까지의 수속 기간은 약 4주 정도 소요된다.
③ 서류를 빠짐없이 제출했다고 해서 비자가 반드시 발급된다는 보장은 없다. 주한독일대사관 영사과에서 독일의 관할기관과 함께 이를 검토하고 발급 여부를 결정한다.

9. 슈페어콘토 (Sperrkonto)

2023년 1월 1일부터 비자신청 시 슈페어콘토에 예치해야 할 금액은 1년 기준 11,208유로이다. 슈페어콘토에 월 934유로가 예치되었음을 입증해야 한다. 계좌를 개설할 수 있는 금융기관은 본인이 선택한다.

10. 재정보증서

재정보증서에 서명한 보증인은 독일 체류를 목적으로 하는 사람과 관련하여
발생하는 모든 비용을 지급할 책임을 지게 된다. 독일 체류 중 발생할 수 있는
비용은 다음과 같다.

숙박비, 생활비, 질병으로 인하여 치료 및 간호를 받아야 할 때 발생하는 비
용, 자국으로 돌아가야 할 때 발생하는 경비 등이다.

독일유학 비용에 관한 팁

1. 독일 대학의 학비
거의 모든 독일 대학은 등록금이 없다. 정부로부터 지원을 받아 독일 학생은 모두 학비 면제 혜택을 받는다. 외국인 학생도 마찬가지이다. 그러나 사립학교의 경우 등록금이 있을 수 있다.

2. 독일유학 비용
독일 유학생의 평균 생활비는 월 700~1,000유로 정도이다. 학비는 무료이다. 학교에 들어가는 돈은 연간 학생회비 (약 100유로)가 전부이다. 그러나 생활비가 들어간다. 가장 많이 지불하는 것은 기숙사, 아파트, 공동주택 등 숙소 임대료이다. 보통 월 임대료는 400~600유로 정도 한다. 지역마다 가격 차이가 있겠지만 구 서독지역은 높은 편이며, 구 동독지역은 그보다는 저렴하다. 하지만 대체로 독일 전국 임대료는 유럽 선진국이라는 점을 생각하면 비싸다고 보면 된다. 특히 베를린, 프랑크푸르트, 뮌헨 등 대도시는 상당히 비싸다. 교통비는 독일철도청(DB)에서 발행하는 월 정기권이 있다. 이것을 구매하면 전국 어디든지 다 다닐 수 있는 아주 편리한 카드이다. 가격은 월 49유로인데 2025년부터 60유로로 인상되었다. 독일은 반드시 공보험을 가입하여야 한다. 그래야 아플 때 병원에 갈 수 있다. Barmer 등 유명 공보험 회사가 많아 서로 가격을 비교해 보면 좋다. 또한 핸드폰, 인터넷을 사용하므로 통신비가 발생한다. 통신비 가격은 한국과 거의 동일한 수준이다. 학생들은 생활비를 절감하기 위해 장학금을 신청하거나 학교의 학생 조교로 일하거나 가까운 식당, 마트에서 시간제 아르바이트 등을 한다.

독일 2대 도시 관광지 베스트 10 (베를린 : 수도)

- 1위 : 박물관 섬 (Museumsinsel)
- 유네스코 세계문화유산
- 운영 시간: 10:00-18:00
- 관광시간 :1일
- 전화번호 +49 30 266424242
- 설명
  (Altes Museum) : 고대 그리스와 로마 유물 관람 (약 1시간 소요)
  (Neues Museum) : 유명한 네페르티티 흉상과 이집트 유물을 감상 (약 1시
  간 소요)
  (Alte Nationalgalerie) : 19세기 미술 감상 (약 1시간 소요)
  (Bode Museum) : 비잔틴과 르네상스 조각품 감상 (약 1시간 소요)
  (Pergamon Museum) : Pergamon Altar와 Ishtar Gate 감상 (약 2시간 소요)
- Museum Island 패스 구매하면 저렴함
- 아침에 일찍 방문하면 관람객이 적음
- 입장료 : 약 20,000원

- 2위 : 베를린 돔 (대성당, Berliner Dom)
- 성당
- 운영 시간 : 10:00-17:00
- 관광시간 : 약 1~2시간
- 주소 : Am Lustgarten, 10178 Berlin
- 전화번호 : +49 30 20269136
- 입장료 : 약 20,000원
- 베를린 대성당(돔)은 슈프레강 옆 베를린 도심의 박물관섬 동쪽에 위치
- 베를린 대성당은 1895년~1905년에 지어짐
- 2차 대전 때 대파하였으나 다시 건설하였고, 지금도 계속 공사 중임

- 260개의 계단을 오르면 대성당 꼭대기에서 베를린 시내를 내려다 볼수 있음
- 교회 전면 계단은 화강암으로 되어있고, 곡선 아치가 훌륭함
- 72m 높이의 돔은 베를린 대성당의 가장 멋진 곳임
- 입구 양쪽에는 독일 조각가 안드레아스 슐뤼터가 왕을 위해 조각한 관 배치
- 2층은 대성당 박물관으로 대성당 모형, 도면, 조각품이 전시되어 있음
- 벽에는 2차 대전 중 성당의 폭격과 피해가 기록되어 있음

- 3위 : 브란덴부르크 문 (Brandenburger Tor)
- 광장 사적지 (야경이 멋짐)
- 운영 시간 : 연중무휴 (24시간)
- 입장료 : 무료
- 관광시간 : 약 1시간
- 주소 : Pariser Platz, 10117 Berlin
- 전화번호 : +49-30-29743333
- 설명
  * 브란덴부르크문 동쪽의 파리저(Pariser) 광장은 18세기부터 인기 있는 관광지였음
  * 전쟁으로 인해 파리저 광장 대부분이 무너지고 브란덴부르크 문만 남게 되었으나,
  * 그 후 지속적인 건설로 현재는 예전 모습을 되찾게 됨
  * 브란덴부르크 문은 베를린 장벽으로 이어져 과거 냉전의 상징임
  * 높이 26m로 아테네 아크로폴리스 문 모양의 사암 건물
  * 12개 기둥이 지탱하고, 5개의 통로로 나누어져 있음
  * 예전에는 이 문으로 왕족과 국빈만 지나갈 수 있었는데, 이제는 관광객 누구나 지나갈 수 있음
  * 023년도 대학생 시위대가 이 문에 페인트칠을 하여 아직도 색깔이 남아 있음

* 매년 12월 31일에는 신년회가 열리고, 자정 불꽃놀이도 함께 펼쳐짐
* 매년 7월 브란덴부르크 문 앞에서 음악 축제가 개최됨

• 4위 : 베를린 장벽 기념관 (Gedenkstätte Berliner Mauer)
　－ 도시 공원
　－ 운영 시간 : 8:00–22:00
　－ 입장료 : 무료
　－ 관광시간 : 1～2시간
　－ 주소 : Bernauer Str. 111, 13355 Berlin
　－ 전화번호 : +49 30–213085–123
　－ 설명
　　* 베를린 장벽은 1961년 8월 12일 완공됐고, 1989년 11월 9일 무너졌음
　　* 높이 3.6m, 길이 43km
　　* 현재 베를린 장벽은 대부분 철거되었고, 기념을 위해 일부만 남아 있음

• 5위 : 국가 의회 의사당 (Reichstagsgebäude)
　－ 국회의사당
　－ 운영 시간 : 08:00–22:00
　－ 입장료 : 무료
　－ 관광시간 : 1～2시간
　－ 주소 : Platz der Republik 1, 11011 Berlin
　－ 전화번호 : +49 30 22732152
　－ 설명
　　* 국가회의 의사당은 1884년～1894년 폴 발로(Paul Vallott)가 설계하여 건설됨
　　* 1층 : 원로회 행정실, 국회 간부회관, 기자실
　　* 1층 중앙 : 2층짜리 타원형 본회의장
　　* 2층 : 본회의장 위 방청석
　　* 에스컬레이터를 타고 돔 꼭대기까지 올라가면 베를린 전망 가능

- 6위 : 베를린 동물원 (Zoologischer Garten Berlin)
  - 동물원
  - 운영 시간: 09:00-16:30 (티켓 입장 종료: 15:30)
  - 관광시간 : 2~3시간
  - 주소 : Hardenbergpl. 8, 10787 Berlin
  - 입장료 : 약 43,000원
  - 설명
    * 유명한 중국 팬더 있음
    * 수족관이 잘 되어 있음
    * 1844년 윌리엄 4세에 의해 건립됨
    * 독일에서 가장 역사가 깊고, 방문객이 가장 많은 동물원

- 7위 : 베를린 텔레비전타워 (Berliner Fernsehturm)
  - 전망대
  - 운영 시간 : 10:00-23:00
  - 관광시간 : 2~3시간
  - 주소 : Panoramastra ß e 1A, 10178 Berlin
  - 전화번호 : +49 30 247575875
  - 입장료 : 약 40,000원
  - 설명
    * 유럽에서 두 번째로 높은 TV 타워
    * 수도 베를린 전체가 한눈에 펼쳐짐
    * 1966년~1969년 건설, 높이 365m
    * 고속 엘리베이터로 꼭대기까지 40초면 올라감
    * 전망대는 30분에 1회전. 식사와 커피를 즐기기 좋음

- 8위 : 샤를로텐부르크성 (Schloss Charlottenburg)
  - 사적지
  - 운영 시간 : 10:00-16:30 (입장 종료: 16:00)
  - 관광시간 :2~3시간

- 주소 : Spandauer Damm 10-22, 14059 Berlin
- 전화번호 : +49 331 9694200
- 입장료 : 약 35,000원
- 설명
  * 베를린 북서쪽에 위치
  * 프로이센 왕국 시대 바로크 건축을 대표하는 건축물
  * 프로이센 국왕 프리드리히 1세는 프랑스 베르사유를 동경하여, 아내 소피아 샤를로테를 위해 이 여름 궁전을 완공함
  * 1,500개 이상의 중국 도자기도 전시되어 있음

• 9위 : 이스트 사이드 갤러리 (East Side Gallery)
- 운영 시간 : 연중무휴 (24시간)
- 입장료 : 무료
- 관광시간 : 2~3시간
- 주소 : Mühlenstraße 3-100, 10243 Berlin
- 전화번호 : +49 30 2517159
- 설명
  * 베를린 동역과 오버바움 다리 사이에 위치
  * 보존하고 있는 베를린 장벽 중 가장 긴 구간임
  * 동, 서베를린 시절 페인팅 예술가들은 장벽 서쪽 벽에 그림을 그림
  * 장벽이 무너진 후 스프레이 페인팅 예술가들이 베를린 장벽의 동쪽 면에 그림을 그려 오늘날의 이스트 사이드 갤러리를 형성됨
  * 1989년~1990년, 21개국 180명의 페인팅 예술가들이 1,316m 길이의 베를린 장벽에 다양한 주제의 그림을 그림
  * 작품 중에는 디미트리 브루벨의 [형제의 키스], 군터 쉐퍼의 [모국], 게르하르트 라르의 [베를린-뉴욕] 등이 세계적으로 유명한 작품임

• 10위 : 포츠다머 플라츠 (Potsdamer Platz)
- 유명 건축가 건축물, 광장, 전망대

- 운영 시간 : 연중무휴 (24시간)
- 입장료 : 무료
- 관광시간 : 1~3시간
- 주소 : Potsdamer Platz, 10785 Berlin
- 전화번호 : +49-30-688315100
- 설명
  * 제2차 세계 대전 당시 그 유명한 [포츠담 선언]을 서명하였던 장소
  * 포츠담 광장에 있는 현대식 건물의 다임러크라이슬러 지점과 소니 센터
    가 유명함
  * 포츠담 남쪽에는 베를린 갤러리, 베를린 국립미술관, 베를린 필하모닉 홀
    등의 문화 시설이 있음

독일 2대 도시 관광지 베스트 10 (뮌헨 : 바이에른 중심지)

- 1위 : BMW 박물관 (BMW Museum)
  - 박물관
  - 운영 시간 : 10:00–18:00 (입장 종료: 17:30)
  - 관광 시간 : 1–2시간
  - 주소 : Am Olympiapark 2, 80809 München
  - 전화번호 : +49 89 125016001
  - 입장료 : 약 22,000원
  - 설명
    * BMW 본사가 있는 뮌헨의 BMW 브랜드체험센터에 위치
    * 자동차 마니아라면 꼭 방문해야 할 관광지
    * BMW 고전 모델, 오토바이, 최첨단 자동차 출시 전 프로토타입까지 전시하여 BMW의 모든 역사를 한눈에 볼 수 있음
    * 흥미진진한 자동차경주 게임을 즐기거나, 실감 나는 레이싱 영상을 시청할 수 있음

- 2위 : 마리엔 광장 (Marienplatz)
  - 운영 시간 : 연중무휴 (24시간)
  - 입장료 : 무료
  - 관광 시간 : 1–2시간
  - 주소 : Marienplatz, 80331 München
  - 설명
    * 1158년부터 형성된 뮌헨시의 중심 광장
    * 매년 수백만 명의 관광객이 방문
    * 바이에른 뮌헨 축구팀이 경기에서 승리하면 이곳에서 승리를 축하함
    * 매일 오전 11시, 12시에 광장 시계탑에서 인형극을 감상할 수 있음

• 3위 : 알리안츠 아레나 (Allianz Arena)
 - 축구장경기장
 - 운영 시간 : 10:00-18:00
 - 관광 시간 : 1-2시간
 - 주소 : Werner-Heisenberg-Allee 25, 80939 München
 - 전화번호 : +49-89-69931222
 - 입장료 : 약 60,000원
 - 설명
  * 바이에른 뮌헨 프로축구팀의 홈구장으로 2005년 5월 31일에 완공
  * 현재 유럽에서 가장 현대적인 경기장
  * 66,000명 수용
  * 다양한 레저 및 오락시설을 제공
  * 케이터링 서비스, 보육원, 명예의 전당, 팬 쇼핑몰 등을 모두 관람할 수
    있음
  * 10,000대의 주차 공간

• 4위 : 님펜부르크 궁전 (Schloss Nymphenburg)
 - 오픈 시간 : 10:00-16:00 (입장 종료: 15:30)
 - 관광 시간 : 1시간
 - 주소 : Schloß Nymphenburg 1, 80638 München
 - 전화번호 : +49 89 179080
 - 입장료 : 약 15,000원
 - 설명
  * 넓은 정원 속에 있는 유럽 궁전
  * 화려한 궁전 내부가 유명함
  * 독일을 대표하는 정원 예술 걸작품

- 5위 : 국립 독일 박물관 (Deutsches Museum)
  - 오픈 시간 : 9:00-17:00 (입장 종료: 16:30)
  - 관광 시간 : 0.5-1일
  - 주소 : Museumsinsel 1, 80538 München
  - 전화번호 : +49 89 2179333
  - 입장료 : 약 29,000원
  - 설명
    * 4~5 시간을 봐도 다 보지 못할 정도로 수많은 소장품이 전시되어있음
    * 백문불여일견

- 6위 : 신 시청 (Neues Rathaus)
  - 오픈 시간: 10:00-19:00
  - 무료 입장
  - 관광 시간 : 0.5-1시간
  - 주소 : Marienplatz 8, 80331 München
  - 전화번호 : +49 89 115
  - 설명
    * 마리엔플라츠(Marienplatz)에 위치함
    * 1867년~1909년 건축된 신고딕 양식 건물
    * 정면은 바이에른 왕, 전설적인 영웅, 성자의 동상으로 장식되어 있음
    * 방문객은 85m 높이의 타워에 올라 뮌헨의 거리를 내려다볼 수 있음

- 7위 : 호프 브로이 하우스 (Hofbräuhaus München)
  - 운영시간 : 오전 11:00 ~ 00:00 (다음날)
  - 관광시간 : 2-3시간
  - 주소 : Platzl 9,80331 Munich

- 전화번호 : +49 89 290136100
- 설명

* 맥주홀. 전통적인 바이에른 음식을 좋은 분위기에서 맛볼 수 있는 장소
  * 돼지 족발(학세)은 꼭 맛봐야 할 음식
  * 1589년에 지어짐. 원래는 왕실 양조장. 1828년 일반 시민들에게 개방
  * 흰색 4층 건물로 지붕에 파란색 [HB] 로고가 눈에 띄게 새겨져 있음
  * 홀은 매우 넓어 동시에 1,300명을 수용할 수 있음

• 8위 : 뮌헨 레지덴츠 (Residenz München)
- 궁궐/궁전성박물관
- 오픈 시간 : 09:00–17:00 (입장 종료: 16:00)
- 관광 시간 : 2–4시간
- 주소 : Residenzstraße 1, 80333 München
- 전화번호 :+49 89 290671
- 입장료 : 약 70,000원
- 설명
  * 16세기~19세기 뮌헨 주요 건물들이 모여 있는 곳
  * 왕의 건물, 막시밀리안 궁전, 연회장 건물, 바이에른 오페라 하우스, 종합 기념관 등 많은 건물이 있음
  * 로코코 건축물의 백미 올드 로얄 극장(Old Royal Theatre)이 있음
  * 웅장한 고대 유물 박물관은 1571년 도서관 후보로 건축된 길이 69m의 인상적인 홀임

• 9위 :Augustiner Braustuben 맥주집
- 운영시간 : 오전 10:00 ~ 00:00 (다음날)
- 주소 : Landsberger Strasse 19, 80339 Munich

- 전화번호 : +49 89 507047
- 맥주집. 1328년에 설립된 Augustine Brewery 비어 가든
- 뮌헨 현지인들이 가장 좋아하는 모임 장소
- 통나무로 만든 레스토랑은 120명을 수용할 수 있음
- 진정한 바이에른 요리를 맛볼 수 있음
- 가격이 저렴함

• 10위 : 프라우엔성당 (Frauenkirche)
- 오픈 시간 : 8:00-20:00
- 무료 입장
- 관광 시간 : 1-2시간
- 주소 : Frauenplatz 12, 80331 München
- 전화번호 : +49 89 2900820
- 설명
  * 뮌헨에서 가장 큰 교회로 외관과 실내 장식이 모두 웅장함
  * 교회 바닥에 [악마의 발자국]이 남아 있음
  * 교회 내부는 중세 스타일로 다양한 조각품, 스테인드글라스 창문이 매우
    아름다움
  * 교회 쌍둥이 타워는 높이 99m로 매우 웅장함

독일 학교에 대한 팁

- 독일 의무교육은 만 6세에 입학하는 초등학교부터 성인이 되는 만 18세까지임
- 독일 학교는 운영 주체에 따라 공립학교와 사립학교로 나뉨
- 또한 교육내용에 따라 일반학교 (Allgemeinbildende Schule)와 직업학교 (Berufsschule) 로 나뉨

- 공립학교 교육은 다음과 같다.

1. 초등 교육 (Primarschule)
   - 통상 4년제 (베를린, 브란덴부르크는 6년제)
   - 만 6살 입학

2. 상급학교 : 중등단계 (Sekundarstufe1) + 고등단계 (Sekundarstufe2)
(1) 하우프트슐레 (Hauptschule)
   - 5학년부터 9학년까지 5년 과정
   - 졸업하면 단순 기능직 직업학교로 진학함

(2) 레알슐레 (Realschule)
   - 5학년부터 10학년까지 6년 과정
   - 졸업하면 사무직, 기술, 경제, 보건분야 직업학교로 진학함

(3) 김나지움 (Gymnasium)
   - 5학년부터 12학년까지 8년 과정
   - 주에 따라 13학년까지 9년 과정도 있음
   - 졸업시 대학 입학 자격시험 아비투어 (Abitur)를 봐야 함
   - 아비투어 점수에 따라 대학에 입학할 수 있음
   - 성적은 1~5등급으로 구분. 한국과 유사함

– (ex) 독일 의대 합격 커트라인 : 1.0~1.1 등급
　　　독일 치대 합격 커트라인 : 1.0~1.3 등급

(4) 통합형 종합학교 (Gesamtschule)
 – 5학년부터 13학년까지 9년 과정
 – 초등학교에서 진로를 정하지 못한 학생들이 이 학교에 진함
 – 5~6학년 공통 수업을 받으며 학업 성취도에 따라 진로를 결정함
 – 이때 다른 학교로 전학하여 졸업할 수 있음

(5) 직업학교 (Berufsschule)
 – 3년 과정
 – 하우프트슐레, 레알슐레 졸업 후 이곳으로 진학함
 – 이론과 직업실습을 병행
 – 졸업 시 해당분야 국가 자격시험 응시

3. 대학교 (Universität) / 응용실기대학교 (Fachhochschule)
 – 둘 다 고등 교육기관으로 학업 수준이나 졸업장은 같음
 – 응용실기대학 졸업 후 종합대학으로 옮겨 학사, 박사과정을 계속할 수
   있음

독일 유아원부터 대학교까지 여러 가지 팁

1. 유아원 (Kinderkrippe)
- 생후 3~4개월부터 36개월의 아이를 온종일 또는 반나절 돌봐주는 보육기
  관임
- 보육사가 돌봐줌
- 유아원은 맞벌이 부부, 한 부모, 학생 부부를 위한 유아 보육 제도임
- 예전에는 아이가 3살 이전에는 부모가 집에서 양육하는 것이 일반적이라
  고 생각했으나, 요즘은 맞벌이로 인해 점점 더 많은 가정에서 아이를 보육
  원에 보내고 있음
- 독일도 유아원 자리는 충분하지 않음
- 요즘 부모들은 아이가 태어나자마자 유아원에 등록하는 상황임
- 유아원은 대부분 사립기관임
- 비용은 학부모가 개인 부담하여야 함
- 보통 7~10명 유아 당 2명의 보육교사가 돌봄
- 돌봄 시간은 오전 6시 ~ 오후 5시 정도임
- 유아원은 유치원 병설 또는 독립 운영되기도 함.
- 입원을 위하여 유아원 직접 또는 각 도시 청소년청 (Jugendamt)에서 상담
  함

2. 유치원 (Kindergarten)
- 유치원은 만3세 ~ 6세 사이에 입학할 수 있음
- 유치원은 유아원과 다르게 초등학교 적응능력을 준비하는 교육기관임
- 놀이를 통해 신체, 정서, 사회적인 발달을 추구함
- 자연 숲 체험, 요리 실습, 만들기, 연극 등의 각종 체험 프로그램 시행
- 보통 15명~ 20명 원생에 2명의 교사가 돌봄
- 유치원은 초등학교 준비교육이 목표라 학부모는 유치원의 준비물 체크, 교
  사와의 소통에 관심을 기울여야 함

– 학부모의 밤 행사 (Elternabend)를 할 때 서로 정보를 교환하고, 유치원 문제를 논의함
– 개원 시간 : 오전 6시 ～ 오후 5시
– 원생은 보통 오전 8～9시 등원, 오후 3～4시 하원
– 점심을 먹지 않고 하원할 경우, 유치원비는 거의 무료
– 점심을 먹고 오후까지 머물 경우, 식사비는 학부모의 수입에 비례하여 부담함
– 사립유치원은 공립유치원보다 비용이 많이 듦
– 유치원도 학부모가 원장과 직접 상담하거나, 해당 도시의 청소년청 (Jugendamt)에 신청 상담할 수 있음

3. 초등 전단계 학교 (Vorschule)
– 초등학교 입학 전 초등학교 과정에 준하는 예비 초등학교 과정
– 의무과정은 아님
– 외국인에게 권장할 만함
– 초등학교 입학 전 독일어, 학교생활을 준비하고 친구를 사귈 수 있음
– 만약 아동이 신체적, 정신적, 언어적 발달을 봤을 때 초등 수업에 참여가 어려울 경우에도 입학함
– 입학연령 6월 30일 기준 만 5세 되는 학생이 2년간 수업받을 수 있으며 학비 무료
– 초등 전단계 학교는 유치원이나 초등학교 내에 개설되어 있음
– 초등 전단계 학교가 없는 도시도 있음
– 수업내용은 기초적인 글자, 숫자, 사회성과 다양성, 문화적 상호성을 배움
– 만 6세부터 초등학교 입학 자격이 생기지만 1년 더 Vorschule에 다닌 뒤 만 7세에
초등학교 1학년에 진학할 수도 있음

4. 초등학교 (Grundschule)

- 매년 6월 30일까지 만 6살이 된 아동이 입학대상
- 8월 1일부터 학교에 입학하여야 함
- 초등학교 재학 기간은 1학년~4학년까지임
- 초등학교에서 이미 상급학교 진학을 준비함
- 1~2학년 때에는 성적표 없음
- 모든 학생이 유급 없이 2학년까지는 진급할 수 있음
- 매일 수업시간 : 1~2학년은 4시간, 3~4학년은 5시간임
- 초등학교 과목 : 독일어, 수학, 기초사회, 과학 통합, 음악, 미술, 종교, 체육, 영어
- 자기의 의견을 말하고, 타인의 의견을 듣는 연습과 공부에 집중할 수 있는 능력을 배움
- 초등 3~4학년 성적이 김나지움 입학으로 직결되어 매우 중요함 (독일인은 초등학교 3~4학년 때에 인생 전체가 정해짐)
- 다문화 이해, 양성평등, 성교육, 친구간 갈등 조정, 환경보호 교육등 다양한 프로젝트를 교육함.
- 담임선생님은 1~2학년 그리고 3~4학년 각각 2년씩 또는 4년 연속 맡음
- 가장 중요한 과목은 독일어, 수학, 영어. 이외에 음악과 미술, 체육도 소홀히 하지 않음
- 체육 수업에서는 자전거 타기, 수영을 의무적으로 마쳐야 함
- 이외 다양한 걷기 프로그램이나 지역사회 탐방을 통해 체력과 상식을 넓힘
- 학생들은 정식 수업이 끝나면 방과 후 돌봄 시스템을 이용할 수 있음
- 보통 점심 후 돌봄 교사가 숙제, 놀이 활동을 돌봐 줌
- 입학 시 이 부분을 잘 살펴 결정해야 함
- 자녀가 독일어 문제를 겪으면 학교에 외국인 학생을 위한 독일어 코스가 개설되어 있는지가 중요하니 입학 시 확인해야 함
- 4학년 1학기가 되면 담임선생님과 학생 성적을 근거로 상급학교 진학상담을 시행

- 김나지움 진학 : 수학, 독일어 최소 2.0~2.5 이상 되어야 함
- 대부분 담임선생님의 충고와 결정에 따름
- 여기서 학부모와 심각한 갈등이 발생하여 최종 선택에 어려울 겪는 경우가 많음
- 이경우 부모의 강권으로 김나지움 입학이 가능함. 단, 이런 입학은 조건부임
- 해당 학생의 김나지움 입학 후 5~6학년 주요과목 성적을 주시하게 됨
- 주요과목 성적에서 좋은 성적을 받지 못하면 김나지움 담임선생님이 5~6학년 사이에 다시   학부모와 상담하여 다른 학교로 전학을 추천함
- 전학 가는 학교는 게잠트슐레나 레알슐레. 직업학교임
- 김나지움 선택은 보통 사는 지역에서 가까운 곳을 선택함
- 단, 담임과 학생의 특성을 살펴 희망하는 학교에 진학할 수도 있음

5. 김나지움 (Gymnasium) (일반 중고등학교)
- 전통적인 독일 김나지움은 5학년~ 13학년까지 총 9년제임
- 최종 13학년은 졸업시험이면서 동시에 대입수능시험인 아비투어Abitur를 준비하는 과정   으로 운영됨
- 최근 김나지움 과정을 8학년으로 총 12년제 도입으로 현재 독일 헤센주 김나지움은 13학년제와 12학년제가 섞여 있었음
- 그런데 이렇게 해보니 12학년제의 경우, 수업시간이 늦게까지 있어 학생들이 지치고, 다양한 체육 활동, 문화적 경험을 할 수가 없어 다시 13학년 제로 돌아옴

6. 일반고등학교 졸업시험 (아비투어 Abitur)
- 아비투어는 고등학교 졸업시험이자 대학 입학자격시험임
- 원하는 대학에 지원하려면 좋은 점수를 받아야 함
- 아비투어는 일반적으로 4개 과목으로 치러짐

- 독일 전국 공통시험이 아니라 주마다 다름
- 매년 4월~5월 사이에 실시하고, 필기와 구두시험을 봄
- 필기시험은 시험시간이 엄청 김. 한 과목당 5시간 소요
- 아비투어를 마친 후 대학지원은 일 년에 여름, 겨울학기에 두 번 할 수 있음
- 독일 고등학생들은 대학 진학 전에 어학연수, 사회봉사 활동, 외국 여행 많이 감
- 많은 학생이 진로 결정을 위해 원하는 분야에서 실습한 후, 대학에 원서를 내는 경우도 있음 (필자의 조카도 이렇게 하였음)

7. 하우프트슐레 (Hauptschule)
- 5학년~ 9학년 과정으로 구성됨
- 초등학교 공부집중에 어려움을 겪거나 공부습관이 없는 학생인 경우
- 일찌감치 직업교육을 받아 경제적으로 독립하려는 학생인 경우
- 초등학교 성적이 낮은 학생인 경우에 하우프트슐레에 진학함
- 그러나 하우프트슐레에서 성적이 좋으면 레알슐레로 전학이 허용됨
- 또한 성적이 좋으면 10학년 이후 직업학교 (Berufsfachschule) 진학자격이 주어짐

8. 통합형 종합학교 (Gesamtschule)
- 초등학교 4학년 때 진로선택을 못 하고 우왕좌왕하면 가는 학교임

9. 직업학교 (Berufsschule)
- 기초 소양 과목 외에 전문 직업 능력 취득을 위해 입학함
- 기간은 2년으로 11~12학년으로 이뤄짐

- 11학년은 주로 실습 위주
- 12학년은 이론 전일제 교육으로 구성
- 이미 일반 회사에 다니는 회사원이 심화 학습을 위해 다님
- 기업은 학교에 위탁 교육을 요청함
- 학생은 일주일에 1~2일은 학교공부, 3~4일은 기업에서 실무를 함
- 국가 공인자격증 취득으로 졸업함
- 졸업 후 해당 분야 국가 자격시험에 응시할 수 있음
- (ex) 미용사 직업학교, 유치원 교사 직업학교 등

10. 상급직업학교
- 이 학교에서는 재단사, 경찰, 정보, 경제, 농업, 환경기술 등 전문인력을 길러냄
- 전문교육을 위해 응용 및 실기대학 (Fachhochschule) 입학을 준비하는 과정
- 해당 분야의 전공 후 정보학, 농업사, 경영 분야에서 교직과목을 이수하면 이 분야의 교사가 될 수 있음
- 2년제 전일제 교육

11. 종합대학교 (Universität) 및 응용실기대학교 (Fachhochschule)
- 독일 대학은 이론 중심의 종합대학교 (University)와
- 실기중심의 응용실기대학 (Fachhochschule)로 나뉨
- 종합대학교는 법학, 의학, 심리학, 철학 등 전통적인 전공이 많음
- 응용실기대학교는 미술, 음악 분야별로 작은 규모임
- 독일 대학은 10월에 입학생을 받음
- 일반적인 학과는 지원하면 다 합격함

- 그러나 의학, 치의학, 심리학, 법학, 경영학, 사회학, 수의학, 약학 등 입학 정원제가 있는 학과에는 아비투어 성적에 따라 입학이 결정됨
- 입학정원제 학과 비율은 대학마다 다름
- 동독 지역에 위치한 대학은 비교적 입학 정원제를 적용하지 않음
- 공립대학의 등록금은 무료
- 단, 학기마다 학생비 (Semesterbeitrag)는 냄. 여기에 교통비가 포함됨
- 그러나 집세와 생활비가 부족한 경우, 국가 지원 학생 장기대출 신청 가능
- 각 대학마다 국가 장기대출 사무실이 있음

자료 출처
• 주독일 대한민국 대사관 자료실
• 트립닷컴 (Trip.com)